仲間に加わった幼馴染
ユキ

家事を一手に担う
メリー
ディオンと行動を共にする
エルドラ

エルドラの宿敵
アビス
竜の力を得た主人公
ディオン

竜と歩む成り上がり冒険者道

～用済みとしてSランクパーティから追放された回復魔術師、捨てられた先で最強の神竜を復活させてしまう～2

岸本和葉

ぶんか社

C O N T E N T S

一章　恐ろしく簡単に

竜とは、幻想の生物である。

霊峰《れいほう》に住まい、人の目には映らない。

彼らに会った者たちは、数少ない。

霊峰に挑む勇敢な者たち――いや、愚か者か。

その中でも運よく生き残った者は、決して竜のことを多くは語らない。

「何故《なぜ》ならば、誰に言ったって信じやしないからさ」

ケール薬店の店主、ケールは、読んでいた竜にまつわる伝承《でんしょう》の本を閉じた。

外では雨が降っており、元々陰鬱《いんうつ》とした店内は湿気によりさらに暗い雰囲気が漂っている。

「……信じるわけがないさね。あそこに立つ者が、どちらも竜だなんて」

窓の外、土砂降りの中に二つの人影があった。
片方は金髪の女。そしてもう片方は黒髪の女。
人気《ひとけ》のない大きな通りで、二人の竜は向かい合う。

エルドラとアビス。

彼女らはまさしく一触即発の状態だ。

伝説の存在同士が何故ぶつかり合うことになったか――。

その背景には、たった一人の人間の存在があった。
竜に、いや、竜たちに選ばれた一人の男。

その名は――。

◇◇◇

ぽたりと、鼻先に水滴が当たる感覚で目を覚ます。

最近になってようやく馴染《なじ》んできた宿の天井。

どうやらここ連日の雨の影響で、雨漏りが進んでしまったらしい。

「ん……」

身動きをすれば、隣から小さな息遣《いきづか》いが漏れた。

同時に違和感に気づく。

昨日、俺は彼女らとは別のベッドで寝たはずなのに――。

「……でぃおん？」

「何で俺のベッドで寝ているんだ？」

寝ぼけ眼《まなこ》で俺を見た金髪の女――エルドラは、ゆっくりと身を起こす。

そしてもぬけの殻となった自分のベッドを見て、ああ、と呟《つぶや》いた。

「多分寂しかったから、ディオンのベッドに潜った」

「この前心臓に悪いからやめてくれって言わなかったか？」

「寝ている時までは意識できない」

「それは……ごもっともで」

俺も体を起こす。

するとエルドラとは反対の方向からまた小さく呻《うめ》く声が聞こえてきた。

「……ユキ、お前も何で俺のベッドに潜り込んでいるんだ？」

「う……んっ、ディオン？」

目を開けて俺の名を呼んだユキの顔が、徐々に赤くなる。

自分の置かれた状況に気づいたのだろう。

彼女は俺たちにかかっていたタオルケットをはぎ取ると、自分の体を隠した。

「ち、違うぞ！　これはただ寝ぼけていただけで……！」

「落ち着けって。別に責めようとしているわけでもないんだから」

ベッドから落ちそうなユキを支えつつ、俺は再び天井を見る。

ちょうど水滴が落ちてくる瞬間を目撃し、俺は一つため息を吐《つ》いた。

「……そろそろ拠点を変えるか」

エルドラとレーゲンの街に来て以来、ずっと同じ宿屋を利用している。

各種施設が近いこと、そして年季を感じる古い造りに居心地のよさが魅力的だったが――さすがに年季を感じすぎてしまった。

雨季はまだ始まったばかりだし、枕元に水滴が落ちる以上ここでは寝られない。

「資金にはだいぶ余裕があるし、少し高い所を拠点にしてもいいんじゃないか？　わずかに値段を上げるだけでも設備はかなりよくなると思うが」

「そうだな。もう節約しなければならない状況も終わったし、思い切るのもいいかもしれない」

最終的にレーゲンの街を本拠点にするならば、屋敷を購入してしまうのもありかもしれない。

俺たちの目標は、三大ダンジョンである『紅蓮《ぐれん》の迷宮』、『群青《ぐんじょう》の迷宮』、『深緑《しんりょく》の迷宮』を攻略すること。

もっとも有名なダンジョンでありながら、まだ一つもクリアされていない。

それだけでその難易度が理解できるだろう。

いくらSランク冒険者のユキがいようが、神竜であるエルドラがいようが、攻略は一筋縄ではいかないはずだ。

「今日はAランクダンジョンで連携の確認をしようと思っているんだけど、どうだろう？」

「このパーティのリーダーはディオンだ。私はお前の指示に従う」

「……むず痒《がゆ》いな」

エルドラも異論はないようで、俺の言葉を待っている。

こういった立ち位置に立ったことがなく、妙に肩が重い。


――――が、やるしかない。


「よし。じゃあ少し前に発見されたAランクダンジョンに挑もう。〝白の迷宮〟と同じように魔物たちが知恵を持っている可能性もあるから、攻略するまでは油断しないように」

持ち物を確認した俺たちは、宿を解約して外へ出る。

相変わらず厚い雨雲が空を覆っており、強い雨が降り注いでいた。

暗雲が立ち込めるとはよく言ったものだが――――妙に胸騒ぎがする。

今年の雨季はかなり長くなりそうだ。

◇◇◇

雨合羽《あまがっぱ》に身を包んだ俺たちは、新しく見つかったAランクダンジョンの前に立っていた。

入口は洞窟のようになっていて、地下へと進んでいくタイプらしい。

俺が前パーティでセグリットに裏切られた〝黒の迷宮〟に、造り自体はとてもよく似ている。

少しだけ心がざわめいた。

「……ディオン？」

「っ、あ、ああ……行こうか」

ざわめいた心をエルドラに悟られないように、俺はダンジョンの中に足を踏み入れる。

やはり造りは黒の迷宮によく似ていた。

所々に露出した光る魔石が道を照らし、薄暗いものの光源は問題ない。

「ディオン、前方に一体だ」

「……そこまで強くはないな」

「ああ。Bランクといったところだろう」

ユキは気配、そして俺は匂いで敵の脅威を嗅ぎ分ける。

警戒しながら一本道を進めば、そこには巨大なムカデが壁を這《は》っていた。

レッドセンチピード。牙の毒と頑丈さが脅威だが、群れで行動しないことからBランクという枠で収まっている。

「奴《やつ》は頭を潰《つぶ》さない限りは動き続ける。エルドラ、頼めるか？」

「任せて」

ユキは剣士、そして俺には戦闘時間に制限がある。

一匹一匹の力は大したことがない虫型の魔物は、エルドラに任せておくのがよさそうだ。

「ふっ――――」

エルドラの拳が、レッドセンチピードの頭を破壊する。

手についた体液と肉塊を振り払いながら、彼女は俺たちの元へと戻ってきた。

「終わった」

「さすがだな」

「ん。当然」

得意げな顔で、エルドラは胸を張る。

それを見たユキはどこか不機嫌そうな顔で、俺と彼女の間に割り込んできた。

「ディオン、次は私が魔物を倒す。文句はないな」

「え？　あ、ああ……別にそれはありがたいけど」

「そんな女にデレデレしていないで、早く先へ進むぞ。他の者に先に攻略されてしまうかもしれないからな」

やたらと張り切った様子で、ユキは奥へと進んでいく。

エルドラに視線を向けてみれば、彼女はユキと同じように若干不機嫌な様子で俺の前を歩き出した。

（……何がどうしたんだ？）

俺たち三人はパーティとしてかなり仲を深められていたと思うのだが、二人の関係はいまだにギスギスしているときがある。

チームワーク自体はいいのだが――――正直よく分からない。


俺の中に困惑はありつつも、ダンジョン攻略は比較的スムーズに進んでいた。

〝白の迷宮〟にてブラックナイトに不覚を取ったユキだったが、動きを見れば見るほど何故不覚を取ったのかが分からなくなる。

正直な話、俺が時間を気にせずフルパワーで戦ったとしても相手になるか怪しいレベルだ。

やはりユキの実力は人間の中では別格。

ブラックナイトに敗北した時は、何か取り乱すだけの理由があったとしか思えない。

「ディオン、分かれ道だ。……どうする？」

いくつか階層を降りていくと、俺たちの前に二つに裂けた分かれ道が現れた。

俺とエルドラは鼻を鳴らす。

「……エルドラ」

「ん。右は濃い血の臭いがする。それに近い。かなり危険」

「ああ。左も血の臭いはするけど、かなり遠い。きっと奥まで続いているはずだ」

俺たちの意見を聞いて、ユキは頷《うなず》く。

右は魔物の巣であると同時に、行き止まりである可能性が高い。

俺たちの進む道は、必然的に左へと決まった。

しかし、進もうとした瞬間に後ろから地面を踏む音が聞こえてくる。

臭いからして魔物ではない。

同業者かと思い振り返れば、そこには見たくもない顔があった。

「……セグリット」

「なっ……何で貴様がここに……！」

俺を崖から突き落とした男、セグリット。

奴は俺の顔を見て、露骨《ろこつ》に嫌そうな表情を浮かべていた。

「セグリット、どうしたの……？　って、ああ……厄介者たちとの遭遇ね」

セグリットの後ろから、不機嫌そうなシンディが現れる。

そしてそのさらに後ろに、いつも通りの表情を浮かべたクリオラが立っていた。

「……行くぞ、ディオン。奴らの顔を見るのは不愉快だ」

「あ、ああ……」

ユキは俺の服の袖を引き、先を急ごうとする。

エルドラも意見は同じようで、セグリットたちから興味なさげに視線をそらした。

「ユキ……さん」

「っ！　セグリット！　こんな奴らに構うことないわ！　さっさと先に行きましょうよ！」

「そ、そうだな」

向こうは向こうでシンディがセグリットの腕を引き、先に進もうとする。

そう、俺たちが危険と判断した方の道に向かって――。

「おい、そっちは危険だぞ」

「はっ、誰がお前の言うことなぞ聞くものか。行くぞ、シンディ、クリオラ」

一応の忠告は投げたのに、セグリットたちは危険な臭いのする道へと入っていってしまう。

奴のことは、正直まだ許せそうにない。というか、生きているうちに許せる日は決して来ないはずだ。

とは言え、ここでセグリットが死ぬと分かっているのに見過ごせば、それは奴と同じ位置に立つことになる。

人の命を守る回復術師として、それだけは我慢ならない。

「――クソッ」

安全な道に行こうとしていた俺は足を止め、地面を踏みつけた。

どれだけ酷《ひど》い仕打ちを受けようが、そんな相手の安否すら気にしてしまう自分の甘さに腹が立つ。

「ディオン、放っておけと言いたいところだが……今は貴様がリーダーだ。指示があれば従うぞ」

「私も、従う」

ユキとエルドラは、俺の顔を覗《のぞ》き込んでいた。

そうだ――――リーダーが迷っているわけにはいかない。

はっきりとした指示を出して、先導しなければならないのだ。

「……セグリットたちを追う。ただし気づかれないように」

「何故気づかれないようにする必要がある？」

「俺たちが奴らのことを好ましく思わないように、奴らも俺たちのことを好ましく思っていない。合流すれば間違いなくトラブルになる。それと奴らが前にいることで、万が一取り返しのつかない事態が起きた時に俺たちは逃げやすい」

エルドラやユキでも手に負えないような魔物はおそらくいないはずだが、相性が悪い存在くらいはいるかもしれないし、ダンジョン内には問答無用《もんどうむよう》のトラップだってある。

それにまで一緒に巻き込まれてやるほど、お人好《よ》しにはなれない。

この行いは正義感から来るものではなく、あくまでセグリットと同じクズにはなりたくないという俺の自己満足なのだから。

「そして俺たちの鼻が確かなら、セグリットたちが向かった先には強い魔物がいる。奴らがそいつと交戦した場合、勝てそうなら気づかれないうちに引き返す。苦戦なら様子見。命を奪われそうなほど追いつめられれば、その時は加勢する」

俺の言葉に、二人は頷いた。

◇◇◇

セグリットたちが向かった方の道へ、俺たちも足を踏み入れる。

ここがたとえ一本道でなくとも、俺とエルドラの嗅覚があれば奴らを見失うことはない。

道の途中には所々魔物の死骸《しがい》が落ちていた。

傷が新しいことから、セグリットたちが狩っていったものだろう。

(心配するだけ無駄だったか)

Aランクの魔物も瞬殺されているのを見て、俺は自分の行いを早くも後悔した。

奴らは仮にもAランク上位の実力がある。

こんなダンジョンで躓《つまず》く方がおかしかった。

「っ、ディオン、あの人たち足を止めた」

「そうか……一応確認するぞ」

俺たちは奴らのサーチに引っかからないよう魔力を抑えながら、慎重にその距離を詰めていった。

やがて見えてきたのは、開けた空間。

俺たちは岩陰に身を潜めながら、中の様子を窺《うかが》う。

「チッ……行き止まりか」

「はぁ、じゃああいつらが向かった先が正解だったわけ？　ほんっとに腹立つ」

開けた空間の中心辺りに、三人は立っていた。

空気がかなりこもっていることから、どこか抜け穴があるとかそういうギミックはなさそうだ。

ただ――――。

「ここ、すごく濃い」

「……ああ」

俺たちが嗅ぎ取った血の臭いは、確かにこの場所から発生していた。

しかしパッと見た限りでは血のようなものは確認できない。

それがたまらなく不気味だった。

「おい、ディオン……何だか少し揺れていないか？」

「揺れ……？」

ユキがそんなことを言った矢先、突如として大きな揺れが俺たちを襲う。

膝をつきそうになりながらもかろうじてバランスを取っていると、空間の中心の方で悲鳴が上がった。

「な、何だこいつは⁉」

開けた空間の中心から、太くて長い何かの胴体が姿を現していた。

先端には鋭い牙が円状に生えており、その中心には口のような穴が存在している。

人など簡単に丸呑《の》みできてしまいそうなほどの巨体――頭の中にとある魔物の名前が過《よ》ぎった。

「サンドイーター……！」

・・・・・・

砂漠地帯などに出現する、イソギンチャクのような魔物。

突然足元から出現したかと思えば、その上にいた人間を丸呑みにしようと攻撃を仕掛けてくる。

呑み込まれれば強力な酸で1時間もしないうちに溶かされてしまうため、素早い脱出を目指すか、そもそも呑み込まれないよう注意を払って動くような対策をしなければならない。

ただ、奴らは決して砂漠地帯から外へは出ない生物だ。

柔らかい砂の地面でなければ、泳ぐように移動できないからである。

つまりこんな洞窟に出現することなどまずあり得ない。

（まさか……環境に応じて進化した？）

岩だらけの洞窟でも生きていけるよう、硬い地面などを掘れるほどの力と牙を身に付けたのだとしたら――。

知能もなく、注意を払えばいくらでも対策できるサンドイーターはCランクの魔物だが、岩をも砕く力を手に入れたなら話は別。

砂からしか出てこないはずの奴らが、どこからでも出てこられるようになるということなのだから。

推定ランク――Aプラス。

そしてそのレベルの魔物が、さらに五体。

計六体のサンドイーター……いや、ロックイーターが、地中や壁から出現していた。

標的はもちろん、中心にいるセグリットたちだ。

「くッ……！　セイクリッドセイバァァァァアア！」

セグリットはロックイーターに向けて光る剣を振り下ろす。

密度の高い魔力の光がその胴体を両断し、不気味な紫色の血液を撒《ま》き散らした。

「ディオン、加勢する？」

「……いや、奴らも逃げようとしている。それくらいなら加勢しなくても問題なさそうだ」

彼らは踵《きびす》を返し、俺たちのいる通路に逃げ込もうと走り出している。

ロックイーターは厄介な敵だが、正面から戦わないのであればAランク冒険者なら苦戦する相手じゃない。


鉢合わせを避けるために俺たちも引き返そうとした、その瞬間。

「――――あ」

クリオラの足元から、突然七体目のロックイーターが飛び出してきた。

足の端を噛《か》まれた彼女は、そのまま天井近くまで持ち上げられる。

「クリオラっ！　くそっ！」

「セグリット！　待って！　今は駄目よ！」

クリオラを助けようとしたセグリットの前に、さらに十体近いロックイーターが出現した。

もはや見ただけでは何体いるかも分からない。

ここを突破するのはまさしく至難の業だろう。

「っ……セグリット！　私のことは置いていってください！」

「け、けど！」

「今は共倒れしないことが先決です！」

クリオラの叫びが響く。

対するセグリットは迷っているのか、いまだ動けないでいた。

「セグリット！　クリオラもああ言ってるんだから、さっさと下がりましょ？」

「……分かった。クリオラ！　後で助けに来るから！」

セグリットはシンディに説得される形で、離れるという決断を下したようだ。

クリオラを見捨てて――――。

「……竜魔力強化《ドラゴンブースト》」

その時、俺の体は自然と動き出していた。

「ディオン！」

背中にユキの声が当たる。

だけど、それでも。

目の前で誰かが置き去りにされようとしているのに、見て見ぬふりなんてできない。

「30秒！　竜ノ右腕《レヒト・アルム・ドラッヘ》ッ！」

クリオラに噛みついているロックイーターに、拳を叩《たた》きつける。

破裂音《はれつおん》がして、肉が弾《はじ》けた。

散らばる肉片と共に落下し始めるクリオラの腕を掴《つか》むと、そのまま抱きかかえる。

「少しの間我慢してくれ……っ！」

「っ……!?」

腕の中で、クリオラの体が硬直《こうちょく》したのを感じた。

地面が迫ってくる。

俺の体が強化状態である限り、ある程度の高さから落ちたところでダメージはない。自分の体をクッションにするため、背中を地面へと向けた。

「ディオン、駄目っ」

「え？」

しかし、ダンジョンというのはそう人間に都合のいいようにはできていない。

エルドラの声が耳に届いた時にはもう遅く、それは起こった。

背中が地面についた瞬間、強い衝撃が走り、地面の感覚が消失する。

（地盤が……！）

ロックイーターが馬鹿みたいに掘り進んだ結果、地中が空洞だらけになっていたらしい。俺たちが落ちた程度の軽い衝撃で、崩落現象が起きてしまった。

体を浮遊感が包む。

崩れ落ちる地面と共に、俺とクリオラの体は地下へと落ちていく。

「っ！　ユキ、エルドラ！　深部を目指せ！　後で合流しよう！」

「ディオン！」

大丈夫。このダンジョンはどんどん地下へと潜っていく造りだ。

下へと落ちるのならば、いずれさらに下の階層で合流できるはず。

ともかく今は瓦礫《がれき》に当たらないようにしながら、着地のことを考えよう。

（くっ……！　あれは地面か!?）

目に魔力を集中させ、真下に何があるか目を凝らす。

少し離れているが、ロックイーターの巣から逃れた地面がようやく見えてきた。後は何とかして衝突のダメージを軽減する。もう一度竜ノ右腕を放てば、限りなくダメージを減らせるはずだが——

——。

「動かないでください。浮かせ——フロー」

腕の中で、クリオラが魔術を唱える。

すると俺たちの体は空中でぴたりと静止し、そのまま宙に留《とど》まった。

「これは……」

「風の魔術の初歩です。この距離なら普通に飛び降りることができるでしょう」

「あ、ああ」

クリオラが魔術を解除し、俺たちは地面へと降り立つ。

ロックイーターが好き勝手動きまくった結果、俺たちはずいぶんと下まで落ちてしまったようだ。

光源は壁に埋まった魔石によって確保されているが、先ほどまでいた階層よりも薄暗い気がする。

「……さすがに登れそうにないな。あんたのその魔術で上まで戻れないか？」

「残念ながら、先ほどの魔術はその場で浮くことしかできません。風の魔術はあまり得意ではないのです」

「そうか」

よじ登っていくことは、おそらくできるだろう。

ただ、まだそこら中からロックイーターの臭いがする。ここから上はすべて奴らの巣のようだ。

クリオラを庇《かば》いながら登っていくためには、まだ竜魔力強化の時間が足りない。

「――――何故、私を庇ったのですか？」

「へ？」

穴を見上げていた俺に、突然彼女は警戒した顔で問いかけてきた。

体を庇うように腕を組んでいるところを見るに、俺がこの恩を持ち出して男女の関係を迫るとでも思っているのだろうか？

「私はあなたをパーティから追い出そうとするセグリットの案に乗りました。あなたは間違いなく私を恨んでいるはずです。それなのに、何故助けたのですか？」

「……確かに、あんたの言う通りだ。恨んでいないって言ったら嘘《うそ》になる」

あの時の絶望は、どれだけ時間が経《た》ったとしても忘れないだろう。

セグリットの顔を見るたびに、原型が分からなくなるほどその顔面を殴りたいと何度思ったことか。

それでも――――。

「少なくとも、俺の手が届く範囲じゃ死なせない。それは俺が回復術師だからだ」

人の命を守るのが、俺たち回復魔術師の役目。

そして俺の中の暗い部分が、死ぬ程度では生温《なまぬる》いと言っている。

セグリットだけには、簡単に死んでほしくない。

俺たちが奴のパーティを冒険者として越えた上で、惨《みじ》めさを味わってほしいのだ。

あいつには、もう二度と負けたくない。


――――などと心の中では息巻いているが。


「……とりあえず、ここから出るまでは協力しないか？　目的は一致しているはずだし」

「そう、ですね」

一人でダンジョンに潜る危険性は、クリオラ自身もよく分かっているようだ。

一人ではまず視界が一方向しか確保できない。目の数が少なくなることは、純粋に索敵《さくてき》能力に差が出る。捕縛系の罠にかかればそれだけで詰んでしまうこともあるし、いつもなら簡単に倒せる魔物だったとしても、囲まれるようなことがあれば手が足りなくなり窮地に陥ってしまうはずだ。

だからダンジョン攻略は最低でも二人、可能ならば四人以上六人以下が理想とされている。

「幸い、孤立した空間に落ちたわけじゃないみたいだ。もう少し下に向かってみよう」

「……ええ」

どことなく不安そうな彼女を連れ、俺はエルドラたちとの合流を叶《かな》えるためにダンジョンの奥へと進んでいく。

妙な胸騒ぎから目をそらしながら――――。

◇◇◇

「チッ……！　エルドラ、一度下がるぞ」

「っ……」

ディオンが地下へと落ちていった後、その上の階層では相変わらずロックイーターが暴れ回っていた。

エルドラは歯噛みしながら、ユキの指示に従う。

彼女らがその気になれば、ロックイーターの群れなど討伐しきることができるだろう。しかしそれは真正面から戦った場合。地盤が脆《もろ》いことが分かった今、地の利は魔物たちにある。

さすがのSランク冒険者も、地中に埋められるようなことがあれば為《な》す術《すべ》がない。

「……ここまで下がれば、ひとまず奴らの巣からは逃れたか」

元来た道を引き返し、通路へと避難する。

一息吐いた二人は、現状を整理することにした。

「とりあえず、私たちの当面の目的はディオンとの合流だ。そのために別れ道に戻り、もう片方の道に進む」

「うん」

「……ちなみに、一応聞いておきたい。貴様はあの穴の中で飛べるか？」

ユキによるその質問は、エルドラの正体を理解した上でのものだった。

質問の意図を理解したエルドラは、その質問に対して首を横に振る。

「難しい。多分翼が引っかかる」

「そうか。ならやはり本来の道を行くしかなさそうだな」

方針が決まれば、もう多くは語らない。

二人は踵を返して、来た道を引き返す。

「ゆ、ユキさん！」

そんな二人を呼び止めたのは、いまだ落ち着かない様子のセグリットだった。

「何の用だ。貴様と話すことは何もないぞ」

「そ……そんなこと言わないでくださいよ。先に進むんですよね？　僕らもクリオラと合流しなければならないので、どのみち奥へ行くんですよ」

な？　――と確認を取られたシンディは、一瞬呆《ほう》けた後に慌てて頷く。

そこで自分に話を振られるとは思っていなかったようだ。

この前の白の迷宮の一件以来、シンディとクリオラの仲はこじれたままである。故に彼女自身は、クリオラとの合流に対してもあまり乗り気ではない。

「目的は同じですし、即席のパーティを組みませんか？　四人ならバランスいいですし」

セグリットはユキとエルドラを見比べるようにしながら、そう提案する。

明らかに性的な対象として見ている目――――ユキはそれを感じ取り、不快感で表情を歪《ゆが》めた。

元々彼女はそういった視線に敏感な方ではなかったが、これに関してはセグリットが分かりやすすぎるだけである。

「ちょ、ちょっと！　こんなダンジョン私とセグリットの二人で十分よ！　こんな人たちに協力を頼む必要はないわ！」

彼の提案に真っ先に口を挟んだのは、他ならぬ彼の残ったパーティメンバーだった。

「な、何を言ってるんだよシンディ。ダンジョンを二人で攻略するなんて危険すぎる！　パーティメンバーは四人がベストなんだ！」

「でも……」

シンディがチラリとユキたちへと視線を送る。

その視線を受けて、彼女らは同時にため息を吐いた。

「よく分からないけど、私はあなたたちと一緒に進む気はない」

「同感だ。ついてくるのは勝手だが、一時的だとしてもパーティメンバーに加わる気はない」

二人はこれ以上問答するだけ無駄とでも言うように、そのまま通路を歩いていく。

何を思ったか、それを肯定的なものだと受け取ったセグリットは、シンディの手を引いて同じ道に駆け出した。

「ほら、ユキさんたちがいるなら安心だ！」

「……うん」

こうしてディオンのいない場所で、奇妙な四人パーティができあがった。

パーティだと思い込んでいるのはセグリットだけだが――。

「ねぇ、ユキ……」

「やめておけ。思っていることは一緒だが、現状実害がないのに始末したらディオンが悲しむ」

「……うん、分かった」

エルドラは拳を握りしめ、己の中に湧いた殺意を抑え込む。

その気になれば、彼女らが後ろの二人を始末するのに10秒とかからない。

臨戦態勢であるならばともかく、セグリットに関しては女性に囲まれているという現状に若干鼻の下を伸ばしている。

ここでセグリットを始末したとて、ディオンは決してエルドラを責めることはしない。

しかし間違いなく笑顔を浮かべないということだけは、彼女も理解していた。

「ともかく最短で下に向かうぞ。エルドラ、貴様の鼻が頼りだ」

「分かってる」

ディオン目線ではいまだ確執のあった二人の関係が、今まさに嫌悪感という感情の下結託《けったく》しようとしていた。

◇◇◇

「グランドベアーか……」

俺の目の前には、体を起こして腕を振り上げた巨大なクマが立っていた。

グランドベアー、冬眠の時以外でもその生活のほとんどを土の中で過ごす巨大なクマである。

大きさとしては3メートルほど。

単体ではBランクの魔物である。

「クリオラ、下がっててくれ」

「舐《な》めないでください。私だってAランクの冒険者ですよ」

「……じゃあ頼む」

「急に意見を変えられると、それはそれで驚いてしまうのですが」

相変わらず俺の能力は連発できないまま。

できることならば強敵相手までは温存しておきたいし、Bランク程度の相手なんぞに一秒たりとも魔力を消費したくない。

（Bランク程度、か）

俺は思わずそう言い切った自分を笑う。

いつの間にかそんな風に思えるようになっていただなんて、俺も成長したもんだ。

これもすべては、エルドラのおかげである。

「轟《とどろ》け――ライトニングブラスト！」

『グオォォオオオ……オ……オォ……』

光り輝く稲妻が、グランドベアーの胴を貫く。

うっすらと焼け焦げた臭いのする中、魔物の体はゆっくりと後ろへと崩れ落ちた。

「これでよろしいですか？」

「あ、ああ……助かった」

クリオラは前を向き、そのままさらに奥へ奥へと進んでいく。

やっぱり強い。

威力はもちろんだが、何よりも発動までの時間があまりにも短かった。

これだけ速いと、正直初見で避《よ》けられる自信がない。

それに加え――妙な違和感がある。

今現在ですら本気を出していないような、そんな違和感。

どう探っても、セグリットよりも底が深いような――。

「何をしているんですか？　先に進むのでしょう」

「あ、ああ……」

思わずボーっとしてしまった。

俺は頭を振って雑念を払い、クリオラの横に並ぶ。

何にせよ、頼もしいことには間違いない。


俺たちは、そのまま順調にダンジョンの奥へと歩みを進める。

できる限り魔物と戦わないために、基本的な索敵は俺が担当した。

とは言え魔物の臭いはほとんどなく、戦わざるを得なかった奴に関してもクリオラの魔術で瞬殺できる程度の力しかない。

罠もほとんどは俺の鼻で見分けられてしまうし、正直順調すぎるとしか言いようがなかった。


――恐ろしいほどに。

「……？　水の匂いがする」

「さっきから気になっていたのですが、その……あなたは鼻が利くのですか？」

「ああ、少なくとも一般人よりはな」

俺たちが向かう先、そこには巨大な地底湖が広がっていた。

水の匂いがしたのは、間違いなくここである。

「水の匂いなんて感じ取れるものなんですか？」

「水自体に強い匂いはないけど、例えば水の中に生きる生物とか……そういう奴らの生臭さは感じ取れる」

「なるほど……つまりこの地底湖の中にも生物はいると」

「そういうことになるな」

そう、この水の中から魔物の匂いがする。

幸い地底湖の周りに陸地が続いており、水の中に入る必要はなさそうだ。

水にさえ触れなければ、水中の魔物など大した脅威ではない。

「あんまり道幅は広くない。気を付けてくれ」

「言われなくても分かっています」

ぬかるんでいる陸地は滑りやすく、俺たちは足元に注意しながら慎重に進むことにした。

「――――ん？」

半分ほど進んだ時、奇妙な音が俺の耳へと入ってきた。

俺の視線は、ダンジョンの壁へと向けられる。

「どうしたのですか？　その壁に何か？」

「いや……」

気のせいか？

そう思い、念のため耳を澄ます。

すると――気のせいかと思ったその音が徐々に近づいてきていることに気づいてしまった。

しかも、すぐそこに。

「危ない！」

俺はとっさにクリオラに手を伸ばす。

次の瞬間、洞窟の壁が爆《は》ぜるように吹き飛び、そこからグランドベアーが飛び出してきた。

その牙の向く先は、間違いなくクリオラである。

竜の血で強化されたはずの俺の反応速度ですら、一瞬動き出しが遅れてしまった。

グランドベアーがこんな不意打ちをするだなんて聞いたことがない。

奴らは確かに洞窟内にこもる習性があるが、あくまでそれは眠るため。

こんな攻撃はあまりにも想定外すぎた。

「うっ――」

吹き飛んできた岩に押され、クリオラの体勢が崩れる。

俺が割り込むのに躊躇《ちゅうちょ》したその一瞬で、彼女の体とグランドベアーの体が地底湖の水面に吸い込まれていった。

舞い上がった水飛沫《みずしぶき》を呆然《ぼうぜん》と眺めてしまった俺は、正気を取り戻すと同時に水面を覗き込む。

「クリオラ！」

水面にはポコポコと泡が浮くばかり。

薄暗いこの場所ではクリオラの姿すら見えない。

（クソっ……！）

俺は纏《まと》っていたローブを脱ぎ、多少身軽になった状態で地底湖へと飛び込んだ。

水の中故に視界がぼやける。

しかしうっすらと、底に近い場所に人影のようなものが見えた。

そしてその近くでもがいている巨大なグランドベアーの姿も。

（まずはこの視界を何とかしないと……）

目に魔力を集中する。

いつもよりも多めの魔力で強化すれば、ようやくぼやけていた視界にピントが合い始めた。

こんなことまでできるのか、便利だな。

（……あれは？）

視界が確保できたことで、俺の目に奇妙なものが映っていることに気づいた。

水中を高速で動く巨大な影――それは真っ直《す》ぐにグランドベアーとクリオラの方へ向かっている。

まずい。

そう確信した瞬間には、水中に赤い血がまるで溶け出すかのように広がり始めていた。
そしてグランドベアーの体が、元々あった場所から消えている。
「……ばじが（マジか）」
流れ出た血を目で追い、ようやくその体を見つけることに成功した。
首から血を流すグランドベアーには、巨大な牙が食い込んでいる。
そこにいたのは、グランドベアーよりも二回りほど大きいサメの魔物だった。

水中では鼻も耳もよく利かない。
故にこのサメの脅威度を測ることができない。
それなのに、こいつはヤバイと本能が言っている。
（どうする……!?）
身構える俺だったが、それを嘲笑《あざわら》うかのようにサメの目はそれていく。
その向く先には、クリオラがいた。
グランドベアーから牙を抜き、サメの体はゆっくりと彼女の方へ向かい始める。
とりあえず全員の息の根を止めてから、ゆっくりと食事を楽しむ気らしい。

さっきから動かないクリオラは、見たところどうやら気絶してしまっているようだ。

水の中で意識を失っている時点で危険な状態であることに間違いないのだが、今はそれ以上に危険なものが迫っている。

（こっちを向け……！）

俺はナイフを取り出し、自分の腕を切りつける。

そこから溢《あふ》れ出した血が、地底湖の水に溶け出した。

するとサメの動きが止まり、体を俺の方へと向けてくる。

サメは血の匂いに寄ってくるという話は正しかったようだ。

（とは言え、どう戦う……？）

化物サメは俺の方へと向かってきている。

経験上、水の中で戦ったことなど皆無だ。

水圧による動きにくさに加え、間もなく息も続かなくなる。

まともに戦える状態でないのは明らか。

残りわずかな時間、足場のないこの状況で、何とかサメの体に一撃を加えなければならない。

（竜魔力強化《ドラゴンブースト》！）

まずは強化。

そして正面から突っ込んでくるところを迎え撃つ。

（30秒、竜ノ右《レヒト・アルム》――――っ⁉）

拳を引き絞った時、突っ込んできていたはずのサメは一瞬にして体を捻《ひね》り、姿を消した。

強化された動体視力がかろうじて捉えたのは、奴が下からすくい上げるように食らいついていた
その瞬間だけ。

両脇腹を挟むように食らいつかれ、牙が肉にめり込む。

視力と同じく強化された肉体のおかげで牙が貫通するようなことはなかったが――――この感覚、
おそらく内臓には到達している。

「ごぼっ……！」

空気と共に、血の塊が口から溢れた。

自分の中の魔力が急速に回復によって消費されていくのが分かる。

(このまま水底まで連れていく気か!?)

水面が遠ざかっていく。

俺が水の中では無力であるということをすでに理解されてしまったようだ。

だったら――――。

(70秒ッ！　竜ノ回転拳《ヴィアベル・アルム・ドラッヘ》！)

肉がミチミチと悲鳴を上げる。

それでも体に捻りを加え、その捻りをさらに拳へ伝え、真上に向かって解き放った。

地面という支えがなく、力が上手く伝達しないこの状況では腕力に物を言わせるしかない。

だからこその70秒分という魔力消費。

それだけのエネルギーによって放たれた拳は渦のような水流を生み出し、地底湖の水をほとんど水面よりも遥《はる》か上方へと巻き上げた。

もちろん俺もサメも、クリオラも、水流に乗って宙を舞う。

「ぷはっ！　無駄に魔力を使わせやがって……！」

大きく息を吸い込み、同じく水流から弾き出されたサメに狙いを定めた。

「竜ノ咆哮《ドラゴンブレス》！」

俺の口から魔力の本流が放たれる。

それは真っ直ぐにサメを穿《うが》ち、その胴体を吹き飛ばした。

肉片になったサメと共に、俺は自由落下を開始する。

その途中、力なく落ちていくクリオラの体を視界に捉えた。


このままでは頭から地面に落ちる――――。


そう確信した俺は、とっさに彼女へと手を伸ばした。

しかし、到底届かない。

脳内に、彼女の頭が地面に叩きつけられる嫌なイメージが浮かび上がってくる。

死んでしまった命は、どんな回復魔術でも元に戻すことはできない。

「クソッ！」

この事態は、こうなることを予想できなかった俺のミス。

目の前で起きたことにしか対応できない、俺の力不足。

彼女を死なせれば、それは俺が殺したようなものだ。

(届け……!)

伸ばした手を、さらに限界まで伸ばす。

それでもまだまだ到底届かない。


どうすればいい。

どうすれば――。

『ディオンは今、竜の力を持っている。だから竜の技が使えるはず』

「ッ!?」

頭の中に、エルドラの言葉がフラッシュバックする。

これは確か、レーナさんとのランク検定の前に行った特訓での言葉。

竜ノ咆哮《ドラゴンブレス》を学んだ後、エルドラは――。

『この他にもいくつかある。あるけど……多分今のディオンができるようになるとしたらこれくらい』

確かにそう言った。

今なら……今ならどうなる?

そう思った時には、ふわりと体が浮かび上がっていた。

まるで背中に翼が生えたかのような、そんな感覚。

気づけば俺の体はクリオラのすぐ側《そば》にあった。


手が届く。


とっさに彼女の体を掴み、抱え込むように引き入れた。

地面が迫る。

俺はクリオラの体を庇うようにして、地面に背を向けた。

◇◇◇

水滴が滴る音だけが響いていた。

ダンジョンの壁に背を預けていた俺の横で、もぞりとクリオラの体が動く。

「私は……」

「……気づいたか？」

体を起こしたクリオラが、俺と目を合わせる。

しばし唖然《あぜん》とした後、彼女は俺から距離を取った。

「何故私があなたの側で寝ているのですか!?」

「覚えてないのか？　自分がグランドベアーの不意打ちで気を失ったこと」

「グランドベアー……うっ、じゃあこの頭痛は」

「頭に岩が当たったんだろうな。傷はもう治したから、痛みが遅れてやってきているだけだ。すぐに回復すると思う」

クリオラはしばし後頭部を擦《さす》った後、俺と、そして自分にかかっていた俺のローブを見比べた。

「……思い出しました。グランドベアーが飛び出してきて、そのまま水に落ちて……その後は、全部あなたが？」

「まあ、な」

「そう、ですか……その、ありがとうございました」

クリオラはその言葉と共に頭を下げてくる。

思ったよりも律儀《りちぎ》な奴だ。

それに所作の一つ一つに品がある。

どうしてこんな人間がセグリットのパーティに入ったのだろうか。

「すみません、このローブもあなたのですよね。返します」

「もう大丈夫か？」

「はい、こんな所で休んでいるわけには……あっ」

突然立ち上がったせいか、クリオラの体がぐらつく。

とっさに支えに入ると、彼女は慌てた様子で俺を突き放そうとする――が、上手く力が入らないようで、多少腕を突っ張るだけで終わってしまった。

「駄目そうだな……もう少し休んでいこう。火を起こせるものがなくて申し訳ないけど」

「くっ……ですが」

「急ぐ気持ちは分かるけど、仮にも回復魔術師として無茶させるわけにはいかない。十分休んでから移動するぞ」

「っ……」

彼女も自分の体のことは理解しているのだろう。

俺が強い声色で言えば、クリオラは腰を落として壁に背を預けた。

「……いい子だな」

「そんな言い方はやめてください。不快です」

「そいつは悪かった。けどこれくらいは言わせてもらうぞ。あんたに対して思うところがないわけじゃないんだから」

「そうですね……そうでした」

それから、沈黙が広がる。

正直なことを言うと、ただただ気まずい。

俺の憎悪が向けられているのは、他の誰でもないセグリットだ。

その後ろにいたシンディとクリオラに関してはただのおまけという印象が強い。

シンディに関しては奴の後ろをついて歩いているイメージしかないし、クリオラに関しては共にいた時間が短いせいかほとんど印象に残っていないというのが正しい。

だから酷く恨んでいるかと言われたら〝多少は〟といった程度。

気さくに話せるわけでもなく、だからってわざわざ顔も合わせないようにするほど面倒臭いことをしたいわけでもなく。

この微妙な距離感に息が詰まりそうだ。

「――あなたには、謝罪の他に一つ礼を告げなければならないことがあります」

そんな沈黙を破ったのは、クリオラだった。

「……あんたに礼を言われるようなことをした覚えはないが」

「そうでしょうね。あなた自身が何かをしたわけではありませんから」

彼女は壁を支えにしながら立ち上がる。

そして俺に向けて、どこかで見たことのある〝敬礼〟を向けてきた。

この心臓の位置に右手の親指を当てる動作は――。

「改めまして、挨拶《あいさつ》をさせていただきます。セントラル近郊聖騎士団一番隊副隊長、クリオラ・エンバースと申します」

そのクリオラの名乗りに対して、俺はもはや呆然とすることしかできなかった。

聖騎士団――。

セグリットの役職である聖騎士とはまた違い、あくまで〝立場〟を示した団体の名前。

聖というのは清く正しくという意味であり、様々な国や街に支部が設置されている。

主な役割は、治安維持。

法を犯した者を処罰する権利を持ち、軽いものであれば厳重注意、行き過ぎれば粛正《しゅくせい》、処刑まで行う場合もある。

もちろんその線引きに関しては国が行うが、要はそれだけの力がある連中ということだ。

荒くれ者の多い冒険者たちを、唯一抑え込める連中とも言えるだろう。

故に冒険者の多くは彼らのことを好んではいない。

所属しているほとんどの人間が貴族の生まれだったり、身分が保証されているせいもあるかもしれないが。

「騎士団が……何で冒険者を？」

「騎士団としての仕事です。私は、セグリットに近づき、その悪事を暴くためにここにいます」

思わず息を呑んだ。

俺の様子を一瞥《いちべつ》したクリオラは、そのまま言葉を続ける。

「事が起きたのは、三年以上前。セントラルで発生した不可解な薬物事件からでした」

「薬物事件？」

「月幸草《げっこうそう》を使用した、摂取した人間にかつてないほどの多幸感を与えるという薬が一時期流通してしまったのです」

回復魔術師である俺は、月幸草のことをよく知っていた。

主に痛みを誤魔化《ごまか》すための鎮痛剤《ちんつうざい》として使われ、ダンジョンで回復魔術のための魔力が尽きた時などに、その場しのぎで摂取することである程度の行動を可能にする。

しかし摂取量を間違えれば、打って変わって劇薬となってしまうという危険性を孕《はら》んでいた。

恐ろしいのはその依存性。

少量でも回数を重ねてしまうと、何をしていても薬のことを考えてしまうようになる。

故に加工する際は資格が必要な代物だ。

「出所はおそらく、犯罪組織〝虚《うつ》ろ鴉《がらす》〟」

「〝虚ろ鴉〟って……あの秘密結社の？」

「はい。多くの犯罪の裏にいると言われる、あの組織です」

〝虚ろ鴉〟のことは、俺もよく知らない。

ただクリオラの言った通り、大きな事件の裏には必ず絡んでいるとまで言われる大組織だ。

それだけ有名なくせに、トップはおろか構成員の一人すら見つかっていない。

その神出鬼没《しんしゅつきぼつ》さから、一時期は実在しないのではないかとまで言われていたが――――。

「もちろん今まで一度も尻尾を出さない連中ですから、確証には至っていません。ですが、そう説明しないと説明がつかないくらいに唐突な広がり方だったのです」

「……それが、セグリットとどう関係しているんだ？」

「私たちが薬の回収に追われている中、セグリットが正体不明の人間と接触し、大金を受け取っているところが目撃されたのです」

「それは……」

「その後彼の家を捜索したところ、大量の薬が見つかりました」

俺は思わず前のめりになり、話に食いついてしまう。

「大金と薬……まさか、売人か？」

「……ええ、おそらくは。大量の薬を黒幕から受け取り、それを売りさばくことで金を集めていたのでしょう」

思い返してみれば、奴はいつでも上質な装備に身を包んでいた。

それこそ俺たちがパーティで活動する前、ランクが低い時からその状態であったはず。

冒険者としての収入がそこまでではないはずなのに、何故あれだけの装備を揃《そろ》え続けられたのか
――今、その理由が分かった気がする。

「それだけの証拠が出てきながら、セグリットは粛正されないのか？」

「上層部の見解により、彼を泳がせることにしたんです。少なくとも彼は〝虚ろ鴉〟と繋《つな》がっている……そんなわずかな希望に賭《か》けて」

なるほど、それでパーティに潜り込んだわけか。

それにしても、まさか奴がそんな悪行にまで手を出していただなんて――――。

「Aランク冒険者になるまでにずいぶんと時間がかかってしまいましたが……その、騙《だま》していて申し訳ありませんでした」

「別にそれを謝る必要はないと思うけど……結局、セグリットから〝虚ろ鴉〟に繋がる何かは出てきたのか？」

「いえ……それはまだ。ですが、あなたのおかげでそれも時間の問題かと」

「俺の？」

「あなたとユキが抜けて以来、我々は冒険者として大した成果を挙げられていません。このまま彼が今の生活水準を保ちたいと思うのなら、もうじき売人に手を伸ばさないといけなくなるでしょう」

そうなれば、あいつは麻薬の出所か、それに近い存在と接触する可能性が高くなる。

そこを押さえることができれば、〝虚ろ鴉〟に近づけるかもしれないということか。

「あんたみたいな人が何であいつと一緒にいるか……ようやく納得できたよ」

「……いえ、本質的にはそんなに変わりません。私は目的のために、あなたを見殺しにしたのですから」

「それについては、どれだけ時間が経とうとも俺があんたを許すことはない。――だけど、その行動に私怨《しえん》以上の理由があって……少しだけ安心した」

俺は貸していたローブを羽織り直し、クリオラに手を差し出す。

「俺はあんたとは仲間になれない。けど、あんたの目的に協力することはできる」

「どう、協力するというのですか？」

「まずはここから脱出すること。そしてこの先、セグリットが攻略しようと考えているダンジョンを、すべて俺たちのパーティが先に攻略する」

そうすれば、奴はさらに焦るはずだ。

気持ちが急《せ》くあまり、準備不足でダンジョンに挑むことだって増えてくるかもしれない。

無謀な挑戦、そして攻略失敗を繰り返せば、今どれだけ資金があろうともそう時間がかからないうちに底をつくだろう。

「それをして、あなたに何の得があるというのですか？」

「あいつの後悔する顔が見れる」

「っ、それは――驚きました。意外と聖人というわけではないのですね」

「当たり前だ。あいつだけは、どれだけ謝られようが許しはしない」

クリオラは納得したかのように頷き、俺の手を取った。

そのまま力を込めて、彼女を立ち上がらせる。

この感じからして、体力はかなり戻ってきているようだ。

今となっては、さすが聖騎士団と言わざるを得ない。

「っていうか、さっきは聖騎士団ってことだけに驚いたけど、その年で副隊長っていうのはすごいな」

「別に、そうでもありません。私の所属する第一部隊の隊長は、私よりも年齢は若いですから」

「え……？」

聖騎士団の実力なら、俺だって知識として知っている。

一番下っ端の兵ですら冒険者換算でCからBランク以上の実力があり、トップ層に関してはAランク相当の実力者がざらにいると聞いた。

クリオラがＡランク――――またはそれ以上の実力があるとすれば、隊長と呼ばれるその人間は、下手したらＳランク相当の実力者なんじゃないだろうか。

「……ご心配をおかけしました。もう、大丈夫ですから」

「あ、悪い」

唖然としている間、ずっとクリオラの手を握り続けていた。

さすがに不快にさせただろう。


――――っと、また俺は相手を気遣って。

互いに気遣い合う必要などないのに、ここまで来るともはや俺の悪い癖だ。

「……ずいぶんと、温かい手をしているんですね」

「え？」

「何でもありません。先に進みましょう」

首を傾《かし》げる俺をよそに、クリオラは地底湖の奥にある別の道に歩き出す。

俺は彼女が最後に浮かべた儚《はかな》げな表情の正体が分からぬまま、その背中を追って駆け出した。

順調にダンジョンを進んでいると、俺たちはついにこんな環境に存在すること自体が不釣り合いな巨大な扉の前にたどり着いた。

「この向こうから強い気配がある。多分ダンジョンボスだ」

「……そうですか」

俺とクリオラは、その歩みを止めていた。

ダンジョンボスの部屋――つまりはここが最深部ということになる。

エルドラたちと離れる際、俺は確かに深部の方で会おうと声をかけた。

ここまで来る間では彼女らの気配すら感じ取れなかったが――。

「……っ、エルドラたちの匂いだ！」

遥か後方からようやく感じ取れたその匂いに、俺は表情を明るくする。

「女性の匂いに対して明るい声を発するのはどうかと思うのですが……」

「た、確かに……」

言われてみれば、自分で言っておいて少し気持ち悪い。

そんな心を落ち着けながら、俺は自分たちが歩いてきた道を振り返る。

確か途中に別れ道があった。

俺たちが進まなかった方向から、彼女らはやってきたのだろう。

「――ディオン！」

薄暗い道でもまるで輝いているように見える金髪が揺れたかと思えば、それは瞬きほどの一瞬のうちに目の前に迫っていた。

自分がエルドラに抱きしめられたと気づいたのは、それから数秒後のことである。

「ディオン、無事でよかった」

「あ、ああ……そっちこそ」

「私たちは何の問題もない。ただ……」

エルドラが、どこか不快感を浮かべた目を後方に向ける。

同じく無事なユキのさらにその後ろで、満身創痍《まんしんそうい》な様子のセグリットとシンディが肩を貸し合って歩いてきていた。

二人とも傷だらけで、精根尽き果てた様子である。

「奴らは私とエルドラのペースについてこれなかった。ただそれだけのことだ」

「ユキ……」

「ともかく、合流できてよかった。怪我《けが》はないか？」

俺に抱き付いていたエルドラを無理やり引き剥がしながら、ユキはそう俺に問いかける。

その行動に含まれた妙な威圧感に気圧《けお》されつつも、俺は一つ頷いた。

「く、クリオラ！　そこの卑怯者《ひきょうもの》に何もされなかったか⁉」

「……ええ」

卑怯者？

俺が首を傾げていると、その様子が気に障ったのかセグリットの方から言葉で噛みついてきた。

「パーティのお荷物だったお前が急に強くなるわけがない。どうせ汚い薬にでも手を出したんだろ！」

それはお前だろ――――と言いたかったが、ぐっと言葉を呑み込む。

その気持ちはクリオラも同じだったようで、一つ咳《せき》ばらいをして堪えていた。

今だけは、彼女と深く心を通わせられる気がする。

「ユキさんやその女性だってそうだ！　卑怯な手を使って洗脳でもしない限り、お前のような男についていくわけがない！」

「ねぇ、ディオン。私そろそろ本当にこの人許せないかもしれない」

エルドラが一切の冗談を含まない目で俺を見るせいで、味方ながら少しだけ寒気がした。

このままでは本気でセグリットを殺しかねないな――――。

「……あいつのことは無視しよう。それより、ボス攻略だ」

「むぅ、分かった」

エルドラとユキから俺よりも強い怒りを感じるせいで、俺自身の怒りが抑え込まれているという部分は正直存在する。

この先、奴が地獄を見ることが分かっているというのも大きいか。

そう考えれば考えるほどに、奴の滑稽《こっけい》さが浮き彫りになってくる。

後ろで喚《わめ》き散らかすセグリットを放っておき、俺とエルドラとユキの三人は、ボスの部屋の扉を見上げた。

「予期せぬ形とは言え、ここまで来てしまったんだ。討伐していくか？」

「ああ、俺もまだ一回戦うくらいの魔力ならあるし、ついていけると思う」

Aランクダンジョンとは言え、ボスともなればそれなりに強いはず。

ただ、油断だけはしないようにして、後は二人の足を引っ張らないようにすればそこまで苦労することもないだろう。

「ぼ、僕らも――」

「無視するぞ、ディオン」

この期《ご》に及んで俺たちの攻略のおこぼれにあずかろうとする情けない男の声を無視し、俺たちはボス部屋の扉を開いた。

◇◇◇

「……蛇か」

ユキがそんな言葉をこぼす。

俺たちの目の前には、あまりにも大きい二つの蛇の頭が浮いていた。

双頭の大蛇――。

奴らの巨大な胴体は一つの肉体に繋がっており、胴体自体はこの空間の奥でとぐろを巻いている。

そして爬虫類《はちゅうるい》の独特なぎょろりとした目が、俺たちを睨《にら》んで離さない。

ユキが剣を抜き、エルドラが拳を構える。

俺もシュヴァルツを抜き、薄く魔力を込めて構えた。

「……行くぞ！」

俺の声かけに合わせて、エルドラとユキが飛び出す。

その速度は、竜魔力強化を施した俺でも簡単には追いつけない。

セグリットたちがボロボロだったのは、常にこのペースで動き続ける彼女らに振り回されたからだろう。

その部分だけは、ほんの少しだけ同情できた。

「斬華《ざんか》――」

ユキの華が開くような斬撃が、片方の蛇の頭に向けて放たれた。

しかしその蛇は体を器用にくねらすと、彼女の斬撃をかわす。

「ディオン！　エルドラ！　二つの頭は私が引き受ける！　貴様たちは付け根の部分を！」

それと同時に、ユキが俺たちに指示を飛ばした。

どこまでも冷静な判断。

だからこそ俺はすぐにその指示に従える。

――エルドラはどこか不服そうだが。

「エルドラ！　頼む！」

「ん、分かった」

エルドラが真っ直ぐ胴体に向けて駆けていくのを見て、俺はシュヴァルツを振り上げる。

あの巨体を両断できるだけの魔力となると、竜魔力強化の時間に換算して30秒から50秒は必要だろう。

まだ余力はある。

ここは安定を取って、シュヴァルツに50秒分の魔力を注ぎ込んだ。

「む……」

真っ直ぐ胴体へ向かっていくエルドラに、何かが迫る。

あれは尾だ。

巻かれたとぐろの中に隠されていた、奴の尻尾。

鋭く硬化した蛇の尻尾が、エルドラを貫かんと迫ってくる。

そんな攻撃を、エルドラは片手で受け止めた。

「危なかった」

心のこもっていない声でそう呟いた彼女は、そのまま腕だけを竜の状態に戻し、その巨腕で蛇の尾を握り潰す。

肉の潰れる嫌な音が響き、彼女の握りしめた拳の隙間から蛇の血が滴り落ちた。

「でかした！」

ユキがそう叫ぶと、二つの蛇の頭が同時に苦悶《くもん》を訴えるかのようにのたうち回り始める。

その隙を逃す彼女ではない。

ユキは片方の頭の上へと跳び上がると、真上から真下へ剣の先端を突き込んだ。

剣は蛇の頭を貫き、そのまま地面に縫《ぬ》い付ける。

「「ディオン！」」

二人の声が聞こえた。

それと同時に、俺は黒い光を限界まで蓄えたその剣を振り下ろす。

シュヴァルツから放たれるそれは、黒い飛ぶ斬撃。

地面を抉《えぐ》りながら進んでいく斬撃は、真っ直ぐ蛇の胴体へと向かっていく。

蛇は逃げようと体をくねらせるが、片方の頭が地面に縫い付けられているせいで上手く身動きが取れない。

そしてその斬撃は、恐ろしく簡単に奴の胴体を両断した。

二章　冒険者、家を買う

「Aランクダンジョンの攻略、おめでとうございます！　討伐した魔物の素材の換金も終了しましたので、こちら三等分した物をお渡ししますね」

「ありがとうございます、シドリーさん」

「いえいえ。私としても、ディオンさんたちの快進撃の報告を聞けるのはとても嬉《うれ》しいので、これからも受付嬢として応援させてくださいね」

俺たちの前に、金貨が入った袋が三つ置かれる。

ダンジョンボス討伐後、ギルドに戻った俺たちは受付嬢のシドリーさんに攻略が終わったことを報告し、こうして報酬をもらっていた。

Aランクダンジョンにいる魔物の素材となると、それなりに高額で買い取ってもらえるようになる。

それに俺たちには必要なかったダンジョンボス討伐後に手に入るアイテムも売り払い、かなりの大金を手に入れた。

それこそ、家の一つでも買えるくらいの金だ。

「ディオン、ずいぶんと金も貯まってきたが、これをどう使うんだ？」

「攻略用のアイテムを買うのに使う……と言いたいところだけど、ケールさんの店でいいアイテムは安く手に入るし、それに使う必要もないんだよなぁ」

ギルドを出た俺たちは、レーゲンの街を練り歩く。

いまだ興味深そうに人間社会を眺めるエルドラの姿が、何とも微笑《ほほえ》ましい。

「ユキ、何か欲しい装備はあるか？」

「いや……特に思いつかないな。私の剣はこれ一本で事足りているし、鎧はスタイルに合わん」

ユキはそう言いながら、自分の腰に携えた剣に手を乗せる。

その剣はSランク冒険者に相応《ふさわ》しい、最上位の代物だ。

魔力を流せば瞬時に刃が研がれ、常に最善の状態を保ち続ける力を持つ。

肉体のスペックが常軌を逸している彼女にとって、余計な効果はなくとも、武器が壊れないというだけで十分な性能になるのだ。

「そうだよな……じゃあエルドラ！　何か欲しい物はあるか！」

前を歩くエルドラに対して、声をかける。

振り返った彼女は首を傾げながら立ち止まると、再び周囲をきょろきょろと見渡した。

「ん……あれ食べたい」

そう言って指を差したのは、串焼き肉の屋台。

うん、そういうことじゃないんだが――。

「まあ、いいか」

とりあえず串焼き肉を人数分買って、それぞれで食べる。

贅沢《ぜいたく》な話なのだが、こういう時に小銭がなくていつも困っていた。

今回は金貨で払うなんて迷惑な話は避けることができたが、このままではいつか大金をチラつかせる嫌味な連中になってしまう。

「家でも買うか……？」

街の中央にある噴水広場のベンチに座りながら、ふと思いついたことを口にした。

俺を挟むように座っていた二人が、興味深そうに顔を覗き込んでくる。

「いや、ほら。宿を拠点にするのも悪くないけど、自由に使えないってデメリットがあるだろ？　それなら俺たちの好きに使える大きな家を買った方が、もう少し楽に生活できるんじゃないかなって」

「……ふむ。私は悪くないと思う。継続的に金が出ていくことはなくなるし、宿もやがては手狭《てぜま》になるだろう。明確に拠点と呼べる場所があるのは、私としても安心だ」

適当に言葉にした割には、ユキは意外と賛同してくれているようだ。

俺は続いて意見を求めるため、エルドラへと視線を向ける。

「私はディオンの好きにしたらいいと思う。あなたと一緒にいられるなら何でもいい」

「っ……」

真っ直ぐ目を見つめながらそう言われ、頬が熱くなる。

思わず言葉に詰まっていると、隣からユキに袖を引かれた。

「……何を赤くなっている。私がいることを忘れるな」

「わ、忘れるわけないだろ」

「ならいい」

　ユキは不機嫌そうに顔をそらしてしまう。

　そうして俺たちの間に、何とも言えない空気が流れた。

（どうしたもんかな……）

　俺はユキのことを家族のように見てきたつもりだった。

　しかし最近になって、彼女からは俺が向けるものとは異なる感情を感じる。

　俺は――――どう応えればいいのだろうか。

「家を買うなら、大きいお風呂がある所がいい。人間の入浴の文化はとてもいいもの」

　そんなエルドラの声で、俺の思考は打ち切られる。

　俺は頭を振って一度仕切り直すと、改めてこの話を進める姿勢を取った。

「とりあえず反対意見はないみたいだし、俺たちの家を買おう。……できるだけ大きいやつ」

　俺の言葉に、二人は頷いた。

◇◇◇

　意見をすり合わせた俺たちは、その足でギルドへと引き返していた。

目的は、レーナさんに会うこと。

ギルドは種々様々な情報が集まる場所。

そこの長ともなれば、いい物件の一つでも知っているかもしれない。

再びギルドを訪れた俺たちを不思議に思ったシドリーさんに事情を話しつつ、そのままギルドマスターであるレーナさんに通してもらった。

「家を買いたい？」

自室で書類作業をしていたレーナさんは、訝《いぶか》しげな視線で俺たちを見てきた。

俺たちがそれを冗談と言わない様子を見て、一つため息を吐く。

「まあSランク冒険者ともなりゃ金の使い道に困るってのも悩みの一つだな。いつまでも宿暮らしってのも格に合わねぇってのもある」

「そこまでは言ってないですけど……まあ、その方が色々と自由になるかと」

「まあな。ともかくお前たちなら資金面でも問題はないだろうし、あたしも冒険者用の家なんかを取り扱う奴に顔が利く。紹介してやってもいいよ」

「助かります」

「ただ自由になるとは言え、管理も自分たちでやらないといけなくなるってことは忘れるなよ？それが面倒ならそういう奴を雇いな」

確かに、宿なら従業員が俺たちの留守の間に部屋の掃除をしてくれるが、持ち家だとそうはいかない。

ダンジョンによっては数日空けないといけなくなるし、確かに家に常駐してくれる人間は必要かもしれない。

分かっているつもりだったけど、これは思いの外面倒くさい問題だ。

「ま、とりあえず家だな。ほれ、富裕層の家を取り扱ってる連中の居場所だ。菓子折りの一つでも持ってけよ」

レーナさんはそう言いながら、紙の切れ端に住所と名前を書いてくれる。

俺は礼を告げてそれを受け取り、彼女の部屋を後にした。

「私も後ほど問おうと思っていたが、実際のところ、家のことは誰に任せる？　自慢じゃないが、私は家事などできないぞ」

「分かってるよ」

「……そう言い切られるのも腹が立つが」

何と理不尽な。

ともかくユキに生活能力がほとんどないことは知っている。

そもそも同じ村で過ごしていた時も、彼女は己の鍛錬ばかりで家のことは俺がやっていた時期もあったくらいだ。

直接言いはしないが、ぶっちゃけあんまり当てにしていない。

「エルドラは――」

「できない」

「……だろうな」

もうそういう感想しか出てこない。

「……雇う方向で進めよう」

俺の決定に頷いた二人を引き連れ、俺はひとまずレーナさんに紹介してもらった人物の元へと向かうのだった。

◇◇◇

奴隷オークションというものがある。

金持ち向けに行われる定期的なイベントで、高等な教育の施された者や、珍しい種族の者、それ以外でも何かしら特技に秀でた者などが売り出される。

初めから優秀な人材を購入したいなら、間違いなくオークションが開かれるタイミングを待つのがいいだろう。

しかしオークション自体は月に一度程度しか開かれない。

今は時期も悪く、ちょうど終わってしまったばかりだった。

もう少し早く調べていればこんな不都合はなかったのだが、もうこれに関しては仕方がない。

そうなると俺たちに残された選択肢は、常に開かれている奴隷市場からの購入だった。

犯罪者奴隷や一般教育を受けていない身売りされた奴隷などは、よほど容姿に恵まれているようなことがない限りは市場の方で売られる。

「ようこそ！　レーゲン奴隷市場へ！」

俺たちが奴隷市場を訪ねると、恰幅《かっぷく》のいい初老の男性が出迎えてくれた。

そんな身なりのいい恰好とは対照的に、店自体は堂々とした場所にはなく、商店通りや住宅街とは離れた薄暗い場所にある。

法律的に定められたある種の救済措置とは言え、人を物のように扱う行為である以上は表立って商売することはできないのだろう。

「冒険者の方々ですか？」

「はい。自宅の家事を任せる人材が欲しくて来たんですけど……」

「なるほど。そういうことでございましたら、当店はお客様のニーズにお応えできる自信がありますよ」

中へどうぞ――――。

そう促され、俺たちは三人で店の中へと足を踏み入れる。

その途端、俺の鼻を濃縮された獣臭が痛めつけてきた。

涙がジワリと滲《にじ》み、思わず鼻を押さえる。

「私でも不快な気分になるレベルだが、ディオンとエルドラは大丈夫か？」

「お、俺には少しきついかも……」

ケールさんの店を訪ねた時と同じ感覚だ。

あの時は薬の匂いでエルドラも苦しんでいたが――。

「私は大丈夫。人工的な匂いじゃないから」

「そ……そういうもんか」

言われてみれば、獣臭で一々苦しんでいたら、自然界で生きていくことなど不可能か。

加えてエルドラは霊峰と呼ばれる人の手の届かない場所に住んでいたのだから、自然界にある匂いなら大抵は慣れているということになる。

「おや？　ご気分でも悪いのですか？」

「いえ……お気になされず」

「そうですか。ではこちらに」

俺たちは奴隷商に案内されるがままに、奥へと延びる廊下を歩く。

廊下の左右には檻《おり》があり、中にはいくつか人影が見えていた。

「奥へ行くほど、いい奴隷が揃っていますので、まずは一通り眺めてみることを推奨しております」

「分かりました」

「私は皆さまの後ろを歩かせていただくので、お気に召した奴隷がいましたら、気軽に詳細をお聞きください」

奴隷商は一度頭を下げ、俺たちの後ろにつく。

まずは俺たちの方でじっくり品定めしろということらしい。

「……っ」

俺はとりあえずと思って覗いた檻の中に対して、息を呑んでしまった。

真っ黒に濁った目、最低限の食事しか与えられていないであろう細い体。

女性的特徴を失いかけているその女性は、光を宿さない目を俺へと向けている。

「ディオン……私、あまりここ好きじゃない」

「……そうだな。俺もここは苦手だ」

目の前でそんな会話をしていても、奴隷商は何も言わないし、表情も変えない。

勝手な憶測だが、彼らもただ仕事として今の立場を認識しているのだろう。余計なプライドなどは持たないようにしているように見える。

「早く見て回ろう。変に情が湧いてしまう前に」

彼女らを救おうだなんて考えてはいけない。

この中には犯罪者だって交ざっているだろうし、そもそもいくら大金を持っていたとしても、買える人数には限りがある。

「――――ディオン、珍しい種族がいるぞ」

「え？」

ユキが俺の肩を叩き、一つの檻の中を指差す。

そこには緑髪の少女が膝を抱えて座っていた。

髪の間から見えるその耳は、人とは異なる形をしている。

「エルフ、か？」

「その通りです、お客様。この奴隷は〝呪印《じゅいん》〟を持つせいでエルフの隠れ里から追放された、巷《ちまた》で言うところの〝いわくつき〟でございます」

「呪印か……」

「初めは珍しい種族ということもあり、オークションの方へ回されかけたのですが……エルフの里の使いの者は、彼女の欠点を隠して売りつけてきたのです。まあ、よくある話なんですけどね」

そう言って、奴隷商は諦めたように笑った。

オークションで売られる者と、こうして市場で売られる者、その間には金額という指標の下で大きな差がある。

売りつける側としても、できるだけ高い金額にしたいのは共通認識だ。

少しでも値段を上げるためには、平気で嘘を吐く。

「商人、その呪印の内容は？」

「……五感の喪失、らしいです」

ユキの問いに、奴隷商はそう返す。

俺は頭を抱えそうになった。

そもそも〝呪印〟とは、生まれ持った病のようなものである。

何故〝呪〟という言葉が使われるのかと言えば、病と言うにも全く原因が分からないからだ。

原因不明で、生まれながらに苦しむ羽目になる者もいる。

もはや何者かに呪われたとしか思えない症状が故に、皆はそれを〝呪印〟と呼んだ。

「喪失と言っても徐々に失っていく呪印のようで、現在は視覚と嗅覚をほとんど失ってしまっています。触覚も少し危ういですが……」

この説明では、俺たちのニーズは満たせない。

視覚のない少女に、何の家事をやらせようと言うのだろう。

俺は諦めるために、彼女から視線をそらした。


しかし、こういう時ばかり胸の奥がズクリと疼《うず》く。

クリオラがロックイーターの巣に落ちようとしていた、あの時のように。

まだできることがある――――そう訴えかけるように。

「……商人さん。彼女の呪印を解くことができた場合、値段はどうなりますか？」

「この奴隷の呪印を、ですか？」

彼は驚いたように俺を見る。

それは近くにいたユキも同じで、唯一現状を把握できていないエルドラは、訳が分からないといった表情で首を傾げていた。

「ま、まあ……初めに定めた値段は下げることはあっても上げることはないというのがウチのモットーですから。仮に解呪できたとしても、現状の値段のままで結構です」

「そうですか……」

初めに言っておこう。俺は呪印の解呪などしたことはない。

それでも何故か――妙な自信が湧き上がってきていた。

奴隷商に牢の鍵を開けてもらい、俺は中へと足を踏み入れる。

「……誰、ですか？」

俺が踏み込んできたことに気づいたのか、少女は顔を上げる。

奴隷商が言った通り、視力はほとんどないのだろう。

焦点の合わない目だけが、空中を泳いでいた。

「俺はディオン。冒険者をしている。君の名前は？」

「メリーは……メリーって言います」

「メリーか。やっぱり、目は見えていないか」

「はい。何日か前に、全く見えなくなりました」

彼女の声には、諦めの色があった。

自分の運命を呪うことすらしていない、ただ終わりを待つ声。

今の彼女は、言ってしまえば奈落へと落ちた俺よりも絶望的な状況だと思う。

そんなメリーに対して、俺は――。

「――ジッとしててくれ」

「え？」

メリーに対し、俺は手をかざす。

世界中に溢れるダンジョンが神の与えた試練なのだとしたら、彼女の体を苦しめる呪いは、神の下した嫌がらせに違いない。

そんなもの、消えてなくなってしまえばいい。

「……ヒール」

手から緑色の光が漏れ、メリーの体を包み込む。
こんなもので、生まれ持った呪印が消えるわけがない。

しかしその光は、やがて金色に変化した。

この色は、エルドラの髪色を想起させる。
俺の回復魔術も、何か新たな影響を受けたようだ。
金色に輝いていたヒールの光は、徐々に輝きを増し、そして眩《まばゆ》いほどの白色へ――。

「……あれ、目が」

メリーの目に、光が宿る。
徐々に焦点が合い始め、やがてその両目は俺を捉えるに至った。

「目がっ、見えます！」

「っ……そうか」

俺は彼女のその反応を見て、ほっと胸を撫《な》で下ろす。

何が上手く作用したのか分からないが、メリーの呪いを解くことに成功したらしい。

しかし次の瞬間、初めて竜魔力強化を使用した時と同じような感覚が体を駆け抜ける。

激痛と、永遠に眠ってしまいそうなほどの倦怠感《けんたいかん》。

俺はみっともなく、エルドラたちの目の前で膝から崩れ落ちてしまった。

「ディオン！」

「一体何が起きたというんだ……！」

エルドラとユキが駆け寄ってくる気配がする。

彼女らに体を支えられている中で、俺の意識は徐々に薄れ始めた。

このままではまずい。自分自身の本能がそう確信し、俺の体は反射的にヒールを発動させる。

「かっ……は」

消えかけていた意識が再覚醒し、体から痛みが引いていく。

倦怠感は残ってしまったが、動けないほどではない。

「ディオン、大丈夫？」

「あ、ああ……おかしな回復魔術の使い方をしてしまったのかもしれない。今は何とか大丈夫だ」

あのまま回復魔術を発動させられずに意識を失っていたら、どうなっていたのだろう。

嫌な妄想が、頭を過ぎった。

「あ、あの……」

二人に体を支えてもらいつつ、俺のことを心配そうに見ていたメリーに対して、表情を取り繕《つくろ》い微笑みかける。

「俺は大丈夫だから。それより、メリーは体に嫌な異変とかはないか？」

「大丈夫です。よく見えるし、よく聞こえるし、よく感じます」

彼女は嬉しそうに、自分の両手をこすり合わせる。

どういう形であれこうして嬉しそうにしてくれるのなら、俺が苦しんだ甲斐《かい》があるというものだ。

「まさか……本当に解呪を？」

「商人さん、この子を購入させてもらえますか？」

「……ええ、かしこまりました。当初の話通り、金額はそのままでお譲りいたしますよ」

唖然とした様子の奴隷商と契約を交わし、俺はメリーを相場よりもずいぶんと安い金額で購入することができた。

ここで俺は、メリーが自分の奴隷であることを証明するための特殊なアクセサリーを選ばなければならない。

そのアクセサリーが、万が一の時に彼女の動きを抑制する足枷《あしかせ》となる。

指輪やブレスレットは、水場での作業の時に邪魔になるかもしれない。

そうなると、動く時に揺れたりして邪魔にならず、かつ指先などを使う際にも引っかからない物が望ましいと思う。

「どれになさいますか？」

「……じゃあ、これで」

俺は奴隷商が並べたアクセサリー類の中から、奴隷のための魔術が施された赤い宝石が埋め込まれている〝チョーカー〟を手に取り、メリーへと歩み寄る。

「メリー、君は俺が購入した」

「はい……」

「この先君にやってほしいことは、俺たちの家の炊事洗濯、掃除だ。俺たちが冒険者として積極的に働いているうちは難しいかもしれないけれど、いずれは君を奴隷から解放することも約束しよう。だから――」


――これをつけてくれないか？


チョーカーを差し出しながら、メリーにそう問いかける。

すると彼女は丁寧にそれを手に取ると、ためらわず自分の首へと装着した。

「ディオン様は、メリーのことを助けてくださいました。メリーはメリーの生きる時間を使って、ディオン様に恩をお返しするだけです。これから、よろしくお願いします」

「……ああ、よろしく」

メリーのお辞儀《じぎ》を、正面から受け入れる。

そうして振り向けば、どこか安心した様子のエルドラとユキの姿が目に映った。

「一時はどうなることかと思ったが、無事に契約まで済んだな」

「ああ。その、二人にほとんど相談しないまま買うことになって悪かったよ」

「いいや、私は構わない。そもそも最初にメリーの存在をお前に伝えたのは私だからな」

確かにそれもそうだ。

「私も、ディオンが決めたのなら何の問題もない。それに、この子には少しだけ親近感が湧いている」

「……そうか」

「だから多分、仲良くできる気がする」

俺がメリーを救おうと思ったきっかけも、多分エルドラが感じたものに近いものを感じ取ったからだ。

エルフの里からの追放。

背負うものの違いはあれど、俺とエルドラ、そしてメリーの境遇は共通点がないとは言い切れない。

「メリー、この二人が俺の仲間のエルドラとユキだ。これからはこの二人とも一緒に暮らすことになる」

「よろしくお願いします、エルドラ様、ユキ様」

メリーはどこまでも素直な子のようで、きちんと気持ちのこもったお辞儀を二人に対して贈る。

「私はエルドラ。これからよろしく」

「ユキだ。これから世話をかけてしまうと思うが、よろしく頼む」

とりあえずは難しいわだかまりもなく話が落ち着き、安心感がこみ上げてくる。

こうして三人から四人になった俺たちは、奴隷市から外へ出た。

これまで薄暗い場所にいた――というより、そもそも視力がほとんどなかったメリーは、眩《まぶ》しそうに空を見上げる。

「……綺麗」

そう呟いたメリーの手を、俺は横から握る。

「まずは家まで案内するよ。その後、メリーに必要な物を買いに来よう。服とか、他にも欲しい物があったら遠慮なく言ってくれ」

「いいんですか……？」

「当たり前だ。仕事はしてもらうつもりだけど、俺たちはメリーを奴隷として扱うつもりはないよ」

これに関しては、メリーだからではない。

別の奴隷を買っていたとしても、どこに買われた奴隷よりも快適な環境に置くと心に決めていた。

命を買うという背徳的な行為に対する、偽善者なりの最低限の配慮である。

「それこそ遊びたい盛りだろうし、絵本とか、そういう物でもいいからさ」

「あ、あの……そういう物は大丈夫です。ずっと前に卒業したので」

「え？」

俺は、何か重大な勘違いをしていたのかもしれない。

一つだけ、メリーに聞かなければならないことができた。

「その……聞き忘れていたけど、メリーって……何歳なんだ？」

「へ？」

メリーは、きょとんとした顔で俺を覗き込む。

「えっと……26歳、です」


――――年上だった。


「エルフは30歳になると急激に体が成長して、50歳で成人扱いされるんです。だから私なんてまだ子供で……すみません」

「い、いや、いいんだ。気にしないでくれ。うん」

俺は思わず逃げ道を求めるように、ユキに視線を送る。

すると彼女も俺と似たような何とも言えない感情を抱いているようで、黙って視線をそらした。

うん、聞かなかったことにしよう。

あくまでメリーはメリーなのだから、年齢なんて関係なく接すればいい。

こういう時になって、年齢というものをもはや超越しているエルドラが少しだけ羨《うらや》ましく思えた。

三章　望まぬ再会

メリーが使用人として屋敷に来てから、早くも一週間が経過した。

今日も彼女は真新しいメイド服に身を包み、庭で洗濯物を干している。

その様子は面倒臭い雑用をしているとは思えないほどに楽しそうで、どこか充実している表情を浮かべていた。


ちなみにこの服装に関しては、エルドラが「これ可愛《かわい》い」と言ったのがきっかけとなり、彼女の仕事着となっている。

「よく働いてくれるな、メリーは」

「ユキ……」

窓から外を眺めていた俺の元に、ユキが近づいてくる。

ちなみにエルドラは、せっせと洗濯物を干すメリーの仕事ぶりを一番近くで眺めていた。

どうやら自分もやってみたいようで、時たま気の利くメリーがいくつか濡《ぬ》れている服を渡して、見様見真似《みようみまね》で隣の物干し竿《さお》に引っかけさせたりしている。

何というか、とても微笑ましい光景だった。

「ああ、ずいぶんと馴染んでくれたみたいだし……そろそろ一安心ってところだ」

「安心できる、ということは。そろそろ冒険者活動を再開する頃ということじゃないか？」

「……そう、だな」

この一週間に関しては、メリーが馴染みやすいように俺たちと行動を共にさせた。

家での仕事はあらかた覚えてくれたし、あまり長い期間でなければ任せてしまっても大丈夫だろう。

「ユキ」

「何だ？」

「三大ダンジョンに挑みたいって言ったら、反対するか？」

Sランクダンジョンの代名詞、『紅蓮の迷宮』、『群青の迷宮』、『深緑の迷宮』。

いまだ誰にも攻略されていないその最難関ダンジョンたちに挑もうと、俺は提案したのだ。

「リーダーは貴様だ。貴様が挑みたいと言えば、私もエルドラもついていく」

「でもそれじゃ――――」

「それに。ちょうど私も挑んでみたいと思っていたところだ」

そう言いながら、ユキはまるでしてやったりとでも言いたげな顔を向けてくる。

やはりユキには敵《かな》わない。

俺は一度自分の頭を掻《か》くと、残った方の手を決意のごとく固く握りしめた。

「まずは短い期間で、紅蓮の迷宮の下見をしよう。無理はせず、物資が枯渇《こかつ》しない程度に攻略を進めてみる」

「攻略してしまえそうだった場合は、どうする？」

「十中八九そんなに上手くはいかないだろうけど、正直それが一番望ましいな。だけどあくまで初回は、余力を残す程度の攻略にしたい」

いくらメリーに家のことを任せられるようになっていようとも、長く留守にすることがいいとは思えない。

とりあえずは、三大ダンジョンとまで呼ばれるその難易度をこの身で味わうだけにとどめておく。

「後でエルドラにも話を通そう。全員が揃う夕食の時がいいかな」

「そうだな」

そんな風に俺たちが話していると、どこからか俺の名前を呼ぶ声が耳を打つ。

声に誘われて窓から顔を出せば、メリーがどこか困った様子で俺に手を振っていた。

「何だろう？　ちょっと行ってくる」

ユキに断りを入れて、俺はそのまま窓から飛び降りる。

行儀が悪いことは分かっているが、これが一番速いのだから仕方がない。

「どうした、メリー」

「申し訳ありません、ディオン様。この前買っていただいた食材の一部が雨季の湿気のせいなのか、いくらか駄目になってしまっていたことを思い出しまして……今一度買い物に行かせていただけないでしょうか？」

「あ、そうなのか……」

レーゲンの雨季は、他の場所に比べてかなり降雨量が多い。

川が氾濫した回数なんて例年のを数えていったらキリがないし、毎年それなりの備えをしておかなければ、農作物も悪くなる。

それに加えて問題になりやすいのが、湿気によるカビの増殖。

あまりこの地方で過ごしたことのない者は、食料が悪くなってしまう速度によく驚くらしい。

メリーもその部類だろう。

これに関しては責めることなどできない。

「分かった。じゃあ俺もついていく」

「え!? そんな、ディオン様のお時間をいただくわけには……」

「まだメリーは街の構造に詳しくないだろうし、案内役は必要だろ?」

「うっ……申し訳ございません」

「時間が解決してくれることを謝る必要はないって」

いずれはメリーも一人で買い物くらいできるようになるだろう。

これまでの境遇のせいで体も本調子ではないだろうし、このくらいなら甘やかしの範疇《はんちゅう》にも入らない。

「ディオン、私も行きたい」

「あー、実はエルドラには別の頼み事があってさ」

「何?」

「せっかく洗濯物を干しきったタイミングで悪いんだけど、そろそろまた雨が降りそうなんだ。だから干した服とか、全部部屋の中に戻してほしい」

「……確かに、雲行きが怪しい」

見上げてみれば、珍しく晴れていると思っていた空に黒い雲が浸食を果たしていた。

正直、雷雨になるのも時間の問題だろう。

「ユキにも協力してもらえば、すぐに終わると思う。頼めるか？」

「ん。ディオンの頼みなら、喜んでできる。ユキにも声をかけてくる」

「ああ、頼んだぞ」

エルドラは頼られたことが嬉しいのか、どこか軽い足取りで一度屋敷の中へと戻っていった。

こういう姿を見せられると、やっぱり伝説の神竜とは思えず――これに関しては少し失礼か。

「あ、あの……メリーの仕事なのに、お願いしていいのでしょうか」

「ん？　ああ、普段ならそれはメリーに頼むよ。でも今は急ぎだし、頼れるモノなら何でも頼らないと駄目だ。メリーも困ったことがあれば俺でも、ユキでもエルドラでも、誰でも頼っていいんだからな」

「……はいっ、ありがとうございます」

メリーは嬉しそうに笑顔を浮かべる。

彼女も彼女で、俺より年上ということが到底信じられない幼さだ。

いや、うん。これも失礼に当たるな。

エルフという種族がすごいということで、お茶を濁しておこう。


俺は一度屋敷に戻り、普段から愛用している黒いローブを羽織った。

最悪雨に降られても、これさえ着ていればフードを被《かぶ》ることで濡れることを防げる。

メリーに関しては、商店街で購入すればいい。


「じゃあ俺たちも行くぞ」

「はいっ！」


メリーを連れ、街へと向かう。

隣を歩く彼女は、洗濯物を干している時と同じように、どこか楽しげな様子を浮かべていた。

「雑用ばかりさせてしまってるのに、何だか楽しそうだな」

「はいっ。毎日見る物すべてが新鮮に感じられますし、メリーを暗闇から救ってくれたディオン様たちのために働けるのは、とっても嬉しいんです！」

危ない。いい子すぎて頭を抱えそうになった。

「ユキ様も何かあるたびに声をかけてくださいますし、エルドラ様はずっと近くで見守ってくださって……メリーはとても幸せ者です」

何一つ冗談としない声色で、メリーはそう告げた。

ユキに関しては確かにその通りで、何かとメリーの様子を気にする姿勢が見て取れる。

年齢の差に関しては複雑な感情を抱いていようとも、どこか姉になったような感覚を覚えているのかもしれない。

俺も何となくだが、妹ができたような感覚は持っていた。

エルドラに関しては――――うん。

メリーのことも少なからず考えているだろうけれど、多分大半は興味から来る行動だと思われる。

毎回自分がやりたそうにしているからな……。

「ディオン様は……声もかけてくださいますし、メリーを見守ってもくださいますし……その、メリーは自分が奴隷であることを忘れてしまいそうです」

「……忘れていいんだ」

「え？」

「何度も言うけど、俺たちはメリーを奴隷扱いしない。君も大事な仲間だ。だから今は色々と気を遣うように何か言うこともあるけど、いずれは四人が対等な立場にありたいと思ってる」

「対等な立場……ですか？」

「ああ。だから、メリーから何か言いたいことがあるなら、遠慮なく言ってほしい。日常生活とか、そういう面でこうしてほしいっていうのがあれば、俺たちもできるだけ改善するようにするからさ」

俺がそう伝えると、メリーはどこか考え込むような姿勢を見せた。

「じゃあ、一つだけ」

「よし、どんと来い」

「危ないことは……あんまりしないでほしい、です」

俺は再び頭を抱えそうになる。

その願いは、俺たち冒険者が叶えるにはあまりにも難しい内容であった。

◇◇◇

「結局……降ってきたな」

ちょうど買い物を終えた店のテントの下で、俺は空を見上げて呟いた。

予想した通り、天気は瞬く間に激しい雷雨になっている。

生憎《あいにく》すぐに止《や》むようなことはなさそうだし、このまま帰らなければならないようだ。

「メリー、ローブの心地はどうだ？」

「はいっ！　肌ざわりがとても気持ちいいです！」

うーん、そういうことを聞きたかったわけじゃないのだが――まあいいか。

すでにメリーは俺が買い与えた雨を弾くローブを身に纏っており、頭には可愛らしくフードを被っている。

こうしてローブを着ていれば、全身びしょ濡れになるようなことは避けられるはずだ。

「荷物も革袋に包んでもらえたし、ささっと帰るぞ」

「はい！」

雨の中でも楽しげなメリーと共に、俺は屋敷へ向かって歩き出す。

五感を失いかけていた彼女にとって、こうして雨が体に当たる感覚すら嬉しいものなのかもしれない。

とは言え、雨に当たり続けることがいいこととも思えないわけで。

俺たちの足並みは、自然と少し速まった。


――雨の音と、俺たちの足音だけが響く。


土砂降りのせいか、通りに人影は少ない。

というか、まったくないとまで言い切ってもいいレベルだ。

商品がしけってしまわないように、ほとんどの店が外に出していた物を中へと回収していく。

こうして、街から人の気配が消えていった。

「人のいない道って、こんなに広く感じるんですね」

「そう……だな」

「ディオン様？」

「あ、いや……何でもない」

俺は表情を取り繕い、メリーに笑顔を返す。

どういう訳か、俺は今の状況に恐怖を覚え始めていた。

人の気配が消えていく。

店の中や、家の中へとこもっているからではない。

完全に俺たちの周りからいなくなってしまったかのような、直感にも似た何かが頭から離れないのだ。

「────よぉ、人間」

その時、まるで全身の肌を嬲《なぶ》るようなおぞましい声が、鼓膜を震わせた。

一つの瞬き。

そうして再び視界を取り戻した瞬間、目の前には彼女が立っていた。

「どうして……お前が」

「言ったじゃろう。そう遠くないうちに顔を出すと」

黒い髪、黒い衣。

漆黒に包まれたその姿を、この俺が忘れられるわけがなかった。

「神竜────アビス……ッ！」

「アビス様と呼べ、下等種族め。まあ、今日のところは我も機嫌がいい。この程度の無礼は許してやるとするかのう」

相変わらず嬉しげに、楽しげに、愉快げに、アビスは笑った。

「俺に何の用だ」

「そう睨んで邪険にするでない。我は貴様に話があって来たのじゃ」

「話だと？」

「うむ。しかし……そこの娘は邪魔じゃな」

「ッ!?」

アビスの指先がメリーに向けられたその瞬間、俺は隣にあったその小さな体をこの手で突き飛ばしていた。

直後、高所から地面に叩きつけられたかのような衝撃が全身に駆け抜け、呼吸もままならぬまま、勢いよく地面を転がる。

「ディオン様！」

「ほう、今のに反応したか」

攻撃を受けた。

それだけが認識できて、それだけしか認識できなかったのは、今のたった一度の攻撃で俺の意識は瞬間的に飛んでおり、全身の骨が砕け、間違いなく致命傷《ちめいしょう》に匹敵するダメージを受けていたからである。

とっさにヒールを発動させていなかったら、俺の意識は戻ってこなかったはずだ。

そう自覚した途端、尋常《じんじょう》ではない脂汗が額に浮かぶ。

「娘を守るまでは予想していたが、まさか生きながらえるとはのう。我としては一度殺しておきたかったんじゃが」

「殺すって……話をしに来たんじゃなかったのか？」

「話など、殺した後でも遅くはなかろう？」

「っ……それじゃ遅いって」

アビスはからかっているつもりなのかもしれないが、俺としては冗談では済まない内容だ。

どうやらこいつは、ここで俺を殺そうとしているらしい。

「まあよい。ともかく、エルドラに見初《みそ》められたお主の力を見せてみよ。我がお主を壊しきってしまう前にのう」

「……くそっ」

逃走は――――まず無理だろう。

不気味な笑みを浮かべつつも、アビスには隙がない。

今でさえ、俺が指の一本でも動かそうものなら、その瞬間に首を刎《は》ねられてしまいそうだ。

「ディオン様……！」

視界の端に、メリーの姿が映る。

そうだ、とにかく彼女だけでも逃がさなければならない。

このままではアビスの気まぐれで殺されてしまう。

「何じゃ、この娘が気になって集中できないか？　それならそうと早く言え。今すぐに目の前から消してやろう」

邪悪な魔力が、メリーに向けられる。

その威圧感だけで、彼女はその場に磔《はりつけ》にされたかのように動けなくなってしまった。

あれだけ楽しげだった表情が、恐怖に染まっている。

「――――ッ！　竜魔力強化《ドラゴンブースト》！」

俺は自分を奮い立たせ、アビスへと飛び掛かった。

振りかぶって叩きつけたはずの拳は、容易《たやす》く受け止められてしまう。

しかし、これでアビスの意識は俺から外せなくなった。

「おっと……」

「メリー！　逃げろ！」

「で、でも……」

「時間を稼ぐ！　急いでエルドラとユキにこのことを伝えてくれ！」

そう叫んだ直後、アビスは受け止めた俺の拳を腕力だけで握り潰す。

肉が潰れ、骨が砕ける。

体が一気に冷えるような激痛が駆け抜け、気づけば俺は言葉にならない声を上げていた。

「おいおい、せっかくお主一人のところを狙ったのに、そりゃつれないじゃろ」

「喧《やかま》しい……ッ！　70秒ッ！」

「ハッ！　出だしから大技か！」

残った方の拳に魔力を込め、真っ直ぐアビスに向けて振り抜く。

「竜ノ左腕《リンクス・アルム・ドラッヘ》！」

その拳を、何故かアビスはその胸で受け止めた。

鈍い音がして、彼女の体は2メートルほど後退する。

たった、２メートルだけ。

「ほう、威力はそれなりじゃな」

「ふざ、けんな……！」

思わず悪態がこぼれる。

俺が今一撃に込められる魔力の、ほぼ限界値をつぎ込んだ一撃。

それをまともに受けてなお、その体には傷一つつかない。


しかし今の攻防で、メリーが駆け出す隙を作ることができた。


一心不乱に駆け出す彼女の背中を見て、俺は一つ息を吐く。

「これですぐにエルドラたちが来る……いくらお前でも、あいつとの正面衝突は避けたいんじゃないのか」

「そうじゃのう。我とエルドラがまともにぶつかれば、双方無事では済まぬ。最悪死ぬかもしれんな」

アビスは視野にすら入れていないかもしれないが、ユキだってエルドラに匹敵する大きな戦力だ。

二人が来てくれれば、きっと切り抜けられる。

（っ……情けねぇ）

二人に頼らなければならない自分が、心底憎い。

これではユキに守られていた前の自分と同じではないか。

悔しくて、悔しくて――――こんな気持ちにさせた目の前の化物に、殺意すら湧いてくる。

「うーむ。エルドラが来るまで、短く見積もっても5分はかからないじゃろうな。我としてもこの期に奴の相手をするのは避けたい」

「だったら――――」

「しかし、それはお主が5分耐えることができたのなら、という話じゃ」

「ッ！」

アビスが俺に向けて腕を振る。

さっきと同じ攻撃だ。

あの時は強化をしていなかったが故に何が起きたか分からなかったが、今の目ならかろうじて捉えることができる。

アビスは俺に向けて衝撃波を飛ばしていたのだ。

魔術でも特殊能力でも何でもない。ただの純粋な風圧に近い何か。

そんな規格外の攻撃が、再び俺に迫る。

「――――っ」

判断は一瞬だった。

俺は跳び上がって衝撃をかわし、そのままアビスに向けて殴り掛かる。

「引かずに向かってくるか……！　面白いのう！」

こっちは面白くも何ともない。

俺の拳は容易く受け止められ、アビスにまったくダメージを与えられない。

エルドラには到底敵わないとは言え、竜の力で強化された腕なのにこの様《ざま》。

最近になってようやくつき始めた自信が、いとも簡単に打ち砕かれる。

（考えろ……時間を稼ぐ方法を）

ここで飛び掛かったのは、引けば背中を撃ち抜かれると思ったからだ。

こいつから目を離すわけにはいかない。

それに万が一全力でアビスの視界から逃れられたとしても、竜には発達した嗅覚がある。


――――いや、待て。


（どうしてエルドラはアビスに気づかなかった？）

その疑問を抱いた瞬間、俺の体はアビスによって投げられ、後退を余儀《よぎ》なくされる。

奴は不敵な笑みを浮かべたまま、一歩ずつ俺に近づき始めた。

今のところはまだ、俺のことを舐めたままでいてくれるらしい。

（ブランダルに乗り移っていた時ならともかく、エルドラの鼻がこんなに堂々と実体化したアビスの接近に気づかないはずがない。だとすると……）

俺はちらりと、地面に視線を向ける。

整備された道は雨によって濡れており、馬車などの通行によって欠けた部分に水が溜《た》まっていた。


雨──そうか、これか。


（雨だから嗅覚が半減してる……視界から外れることさえできれば、今なら逃げられる……！）

最悪逃げられなくても、隠れることができれば5分程度はすぐに稼げるはずだ。

そして次は、視界から逃れる方法を考えなければならない。

「まさかお主、今更逃げようだなんて思っておらぬか？」

「っ!?」

気づかれた──しかし、だからと言って俺のやることは変わらない。

「……いいじゃろう。逃げるがよい」

「……は？」

「その代わり、貴様が再び我の前に現れるまで、10秒ごとに人間の家屋を一つずつ破壊する」

アビスは自身の指先を、周囲に建っている家屋に向ける。

ぞわりと全身の毛が逆立つような嫌な感覚がして、口が震えそうになった。

奴の威圧感のせいで、どうやら俺の中からここが街のど真ん中であるという事実が抜けてしまっていたらしい。

「先に言っておくが、人間に助けを求めることはできんぞ。魔力をあらかじめ撒き、周囲の人間の意識は刈り取ってある」

「何だと……!?」

「安心しろ、害はない。――――ただ、意識がないということは、逃げられないということじゃなァ」

伸ばした奴の指先に、黒い光が灯《とも》る。

「クソっ！」

とっさにアビスと家の間に体を滑り込ませる。

その次の瞬間、俺の腹を熱と衝撃が貫いた。


一瞬だけ意識が飛ぶ。


気づけば、俺の体は建物の中に転がっていた。

どうやら壁を貫き、そのままの勢いで家の中に転がり込んでしまったらしい。

「……ごほっ」

口から血がこぼれる。

視線を胴体へと向ければ、ちょうど胃と腸の周辺を何かが貫いた跡があった。

体から急速に魔力が消費される。

それと同時に、開いていた穴はゆっくりと塞《ふさ》がっていった。

もう魔力は半分ほどしか残っていない。

戦闘が始まってから、どれくらい時間が経ったか。

きっとまだ1分も経っていない。

残り4分以上。これをあと半分の魔力で乗り切るに当たって、頭の片隅に絶望の二文字が浮かびつつあった。

「おーい、はよ来い。そのまま隠れているつもりなら、また別の家を消し飛ばすぞー」

「……くそったれ」

重い体を起こし、立ち上がる。

その時、視界の端に何かが映った。

それはまだまだあどけない、小さな子供の手。

倒れてしまった本棚の下から指先だけが見えており、その体が下敷きになってしまっていることはすぐに理解できた。

「……少し、待て」

「ん？」

俺は家の外にいるであろうアビスに一言告げ、本棚の縁に手をかけた。

一息の下でそれを持ち上げれば、下敷きになっていた子供の体が姿を現す。

頭から血を流すその子供は、苦しそうに呻き声を漏らした。

「ヒール……」

俺は子供の頭に手を添え、回復魔術を使用する。

緑色の光はすうっと子供の頭に吸い込まれ、痛々しく開いていた頭の傷を塞いだ。

「巻き込むわけには、いかないよな」

こうして逃げ道はなくなった。

しかし、逃げるという選択肢が潰れた途端、何故だか肩が軽くなる。


逃げられないのなら、戦うしかない。


そう思考が固まったことで、覚悟が決まったのかもしれないな。

「人間とは愚かよのう。同種とは言え、自分以外の知らぬ存在のためにその身を犠牲《ぎせい》にするとは」

「……愚かで結構だ」

俺は家から飛び出し、アビスの前に立つ。

どこまで行っても弱い俺は、自分のせいで誰かが犠牲になることが耐えられない。

誰かの犠牲の上に生きるなんて、どうしたって苦しいだけだ。

「安心しろ、もう逃げようと考えたりもしない」

「ほう……？」

「死ぬ気で、お前をここに縫い付ける」

竜魔力強化の出力を極力絞り、目に集中させる。

体は脆くなるが、どうせ当たればどれも致命傷なのだ。体で受けるより、かわすことに力を注いだ方がいい。

そしてこれなら、いつもよりも魔力を節約できる。

（ちまちました攻撃はいらない。必要なのは、わずかでもダメージを入れられる大技……）

通常の攻撃は気を引くことすらできやしない。

ならば、わざわざ隙を作りに行くこともない。

時間がかかって困るのはアビスの方だ。

徹底的な受け――――それを自分に心掛けさせる。

「ははっ、いい心掛けじゃ！」

集中しろ、限界まで。

アビスの腕が変形する。

それはエルドラが拳を振るった時のような、まさしく竜の肉体。

先端についたかぎ爪が、俺の体を抉り取るために迫ってくる。

しかし、強化された目はその軌道を極めて正確に見切っていた。

「……っ」

体をそらし、身一つ分でかぎ爪をかわす。

俺の真横を通過したその爪は、地面に当たってその表面をごっそり抉り取った。

背中に嫌な汗が流れる。

「対応し始めたか！　面白い！」

「っ！」

アビスの攻撃は、まだ終わらない。

爪の先が再び俺に向けられ、今度は内から外へと薙《な》ぎ払うように振るわれる。

俺は地面に張り付く寸前まで体を落とし、真下を潜るようにしてそれをかわした。

（見える……が）

魔力を温存できても、このたった二回の攻撃をさばくだけで大幅に体力を持っていかれた。

体は無事でも、精神力はそうもいかない。

「面白い……！　面白いぞお主！」

アビスの顔が、無邪気に歪む。

そこから始まったのは、掠《かす》れば吹き飛ぶかぎ爪の嵐。

女性の細腕のままであればそこまで回避も難しくないが、今振り回されているのは丸太に匹敵する太さの腕だ。

初めは見切れていた軌道も、体力の消費と共に体が追いつかなくなってくる。

それにそろそろ、集中するに当たって止めていた呼吸が限界だ。

「そら、空気が恋しいか？」

「ぐっ……！」

バレているか。

しかしそれこそが、俺の狙いでもある。

「終《しま》いじゃ」

俺の足が止まった瞬間を狙い、爪の先端が俺の胴体へと伸びる。

この甘い攻撃を俺は待っていた。

「ふっ――――」

「お？」

体の軸を爪の直線上からずらしながら、腕の内側へと潜り込む。

同時にアビスの脇下に体を入れ、背中を介して彼女の体を持ち上げた。

「おぉぉおお！」

腕が重いせいか、アビスの体は前重心。

それが上手く作用して、俺は彼女の体を完璧に背負い投げすることに成功した。

「けほっ……やるのう」

「ふーっ……ふーっ……」

背中から地面に叩きつけられたことで、多少なりとも息を詰まらせることができたようだ。

アビスが立ち上がるまでのわずかな時間を使って、呼吸を整える。

やっとこさ、これで2分ってところか。

「アビス……何故貴様は俺を試すようなことをする」

「む？」

息を整えながら、俺は問いかける。

純粋に奴の目的が気になるのは間違いないが、これでほんの数秒だとしても時間を稼ぐつもりだ。

「お主は、エルドラがどんな存在か知っておるか？」

「え？」

アビスはゆっくり体を起こし、立ち上がる。

一時的ながら、そんな彼女からは殺意を感じない。

「奴は、我々神竜の中でもわずかながらに抜きんでた実力を持っている。我もエルドラには一目置いていた」


ま、故に陥《おとしい》れてやったのだが――――。


そう言って笑うアビスに対し、俺は思わず殴り掛かりそうになる。

しかし今は何より時間が必要だ。

俺は歯を食いしばって衝動に耐え、話の先を促す。

「そんな女が選んだ人間……興味が湧かぬわけがなかろう？」

「選んだ……？　どういう意味だ」

「今のお主に伝えたところで、理解できるはずもない。生き延びることができれば、いずれ分かるじゃろうよ」

――――どうやら、話はここで終わりのようだ。

さて、と一拍置いたアビスから再び殺意が溢れ出す。

もう少しでいいから休ませてほしかったが、そう我儘《わがまま》も言ってられないらしい。

「残り2分ってところかのう。我も少し本気を出すとしようか」

俺はとっさに目の中が熱くなるほどの魔力を注ぎ、視力を限界まで強化する。

そこまでして、ようやく自分へ向かってくるアビスの蹴りの軌道が見えた。

しかし見えたところでもう遅い。

腕を挟み込んでクッションにしたものの、肉と骨が潰れる音がして、俺の体は勢いよく近くの店先に突っ込んでいた。

「がっ……」

呼吸ができない。

威力を殺しきれず、腕の肉と骨を貫通してあばら骨まで砕かれたのだ。

「せっかくだ、とことんお主らの土俵で戦ってやる。ほれ、はよう来い」

「くっ……そぉ」

体の再生が遅い。

ダメージが大きすぎて、回復魔術が追いついていない。

俺は瓦礫をかき分けて建物から出ると、その場にシュヴァルツを落とす。

「む？　武器を捨てるのか？」

「捨てるわけじゃない。ここまで身軽にならないと、貴様の攻撃が避けきれないだけだ」

「はー、情けないのう。貴様のような人間を選んだエルドラが気の毒じゃ」

相変わらず訳の分からないことばかり言う。


――――いや、一々聞く耳を持とうとしている俺が馬鹿なのか。


（もはやただの蹴りすらかわせない……ならあと2分間、常に出力を最大にして攻めに転じる）

残りの時間は、きっと本格的に息継ぎなどできなくなるだろう。

常に休まず攻撃を浴びせ、アビスに攻撃する暇を与えない。

はっきり言おう。

もうここまで来ると、半分やけくそだ。

「竜魔力強化《ドラゴンブースト》！」

体からエメラルド色のオーラが立ち上る。

アビスに殺されるか、それとも自分の強化のせいで体が崩壊して死ぬか。

どちらも死が避けられないのだとしたら、俺は自分の力で死ぬ方を選ぶ。

アビスに殺されるなんて、死んでもごめんだ。

「30秒！　竜ノ左腕《リンクス・アルム・ドラッヘ》！」

「ふん、その程度の威力じゃ後退すらしないと学んだじゃろ？」

アビスは俺の攻撃に対して防御姿勢を取らない。

ならば遠慮なく叩き込ませてもらおう。

俺の拳は確かな手ごたえと共に、アビスの胴に衝撃を伝えた。

この攻撃は、一種の賭け。

賭けに勝つことができたなら、俺の攻撃に意味が生まれる。

「かっ――――何じゃと……？」

アビスが息を詰まらせる。

ダメージと言うにはあまりにも小さな一撃だったが、彼女は自分に起きたことが理解できずに距離を取ってくれた。

俺が狙い打ったのは、アビスの鳩尾《みぞおち》。

人間の体には、正中線と呼ばれる頭から股下にかけて走る一本の線がある。

これはある意味急所同士を結び合わせたものとも言い換えることができ、上手く入ればたった一撃で戦闘不能にすることもできる部位だ。

しかし、相手はドラゴン。

正中線なんてものは存在せず、そもそも弱点すら存在しない可能性すらある。

ただ、今の彼女は人間の体を模していた。

臓器や骨格をすべて人と同じ構造にしているのだとしたら、弱点は人間に寄ってしまうはず。

回復魔術を学ぶ段階で、人体の構造や医学を一通り学んだ俺なら、その弱点に狙いを定めること
に関してはそう難しい話ではない。

(見た目に惑わされるな……!)

いくら鳩尾を殴りつけたところで、今の感触からして一瞬呼吸を詰まらせる程度の効果しか期待
できない。

女の顔を殴るなんて抵抗しか覚えないが、今この状況においてはそうも言ってられないだろう。

相手は凶悪な魔物だと自分に言い聞かせ、俺は今一度飛び込んで拳を振るった。

「しっ!」

一息と共に、横振りの拳をアビスの顎に当てる。

強烈な衝撃などない、ただの拳。

しかし当たった場所が顎であることが重要だ。

「お……?」

アビスの体がぐらりと揺れた。

顎の先端に衝撃を与えれば、その真上にある脳がダメージを受ける。

いわゆる脳震盪《のうしんとう》。

意識ははっきりしていたとしても、この状態になるとまともに立っていることは難しい。

「ふーむ、人間の肉体とは不便よのう」

「60秒……！」

人間なら戦闘不能になる攻撃も、アビス相手では時間稼ぎにしかならないだろう。

ただ、その時間が重要なのだ。

時間さえあれば、大技を急所に叩き込める。

「竜ノ右腕《レヒト・アルム・ドラッヘ》ッ！」

渾身《こんしん》の一撃を、もう一度アビスの鳩尾に叩き込む。

正拳突きの姿勢で放たれたその拳は、彼女の体を貫通するほどの衝撃を与えた。

「……あ、れ？」

しかし、彼女の鳩尾にめり込んだはずの俺の拳は、目の前で砕けていた。

肉が裂け、血が滴る。

遅れてやってきた激痛が、俺の脳を焼いた。

「ぐっ――――あぁぁあああ！」

「人間の体で遊んでいればいい気になりおって……我が試したいのは、そんな小手先の技じゃないぞ」

アビスの胸元には、漆黒《しっこく》の鱗《うろこ》が浮かび上がっていた。

おそらく皮膚を竜に戻したのだろう。

俺の60秒分の攻撃では、あの鱗を越えてダメージを与えることすら難しいらしい。

「見せろ！　エルドラから受け渡された力の根幹《こんかん》を！　我らが同胞の血を！」

「なっ……!?」

アビスは俺の治ったばかりの拳を無理やり握ると、そのまま腕力だけで俺を投げ飛ばす。

抵抗虚《むな》しく投げられた俺は、先ほど吹き飛ばされた際に飛び込んでしまった店先に再び叩きつけられた。

「かはっ」

「そら、本能を解放しろ。そもそも人間ごときが我らの力を抑え込めるわけがないのじゃ。力に身を任せ、暴れ狂え」

「そ、そんなこと――――」

「できないのなら、死ぬだけじゃぞ」

いつの間にか眼前に立っていたアビスは、俺に向け手を伸ばす。

その先に集まっているのは、魔力を凝縮したエネルギーの塊。

これが放たれれば、俺は死ぬ。

だが――――。

「……ベストポジションだ」

「む？」

今の攻防で積まれた新たな瓦礫の下から、俺は腕を引き抜く。

次の瞬間、アビスの体を斜めに分断するかのように、一筋の線が走った。

走った線からは血が噴き出し、地面を濡らす。

俺の腕には、先ほど身軽になるために落としたはずの神剣シュヴァルツが握られていた。

シュヴァルツをこの場で落とした理由は、身軽になりたさ半分と、保険という意味合いが半分だった。

アビスは、俺をただ殺したいわけではない。

それは言動と行動から見て明らかだった。

直接体を破壊しには来ず、投げたり吹き飛ばしたりして、その後立ち上がる俺の姿を楽しんでいる。

故にもう一度くらいは吹き飛ばされるかもしれないと覚悟はしていた。

「我の鱗が……斬り裂かれた？」

アビスは綺麗に斬られた自分の鱗に手を添え、呆然とつぶやく。

俺の打撃が通じない以上、もう頼れるものはシュヴァルツによる魔力のこもった斬撃しかない。

だからその斬撃を確実に命中させるため、刃から意識がそれるように手放したのだ。

正直成功するとは思っていなかったが――――まあ、運がよかった。

だが、これで。

「終わりだ……アビス」

俺は呆然としたままのアビスの目の前で、シュヴァルツを振り上げる。

刀身に魔力を通せば、黒い光が滲み出した。

「くっくっく……なるほど、これが油断じゃな」

諦めたように笑うアビスに、剣を振り下ろす。

確かな手ごたえの下、シュヴァルツは先ほどの傷と対角線になるようにアビスの体を深く斬りつけた。

夥《おびただ》しい量の血液が噴き出し、彼女の体が崩れ落ちる。


――――そして、まるで煙のように霧散した。


「なっ……！」

「――――うむ、我を出し抜いたところまではよかったが、残念じゃったのう」

たった今斬って捨てたばかりのアビスの声が鼓膜を揺らす。

声のした方向へ視線を向ければ、彼女は家屋の屋根に腰掛け俺を見下ろしていた。

「我も残念じゃった。竜に選ばれた人間とは、思いの外弱いんじゃな」

「な……んで……」

「哀れじゃから、一応伝えておこう。分身などというチャチなもんではないぞ？　これは肉体変化の応用じゃ」

屋根の上で喋《しゃべ》っていたアビスは、斬られた後と同じように霧散《むさん》する。

そして気づけば、俺の目の前に立っていた。

「お主の一撃は確かに我の鱗を斬り裂いたが、あの程度の損傷なら肉体変化のうちで治せる。ま、これができるのは神竜の中でも変化を使い慣れた我だけじゃがな」

「ごっ……！」

アビスの手が、俺の首へと伸びる。

まったく反応できなかった俺はそのまま首を鷲掴《わしづか》みにされ、無理やり道端へと投げ飛ばされた。

肺が押し潰され、酸素が逃げる。

呼吸困難に陥った俺は、何とか息を吸おうと藻掻《もが》いた。

「残り１分あるかないか、といったところか。まあ、十分じゃな」

「はっ……はっ……」

息が吸えないままでも、俺は地面を這いつくばるようにしてアビスへ視線を向ける。

「人間とは策略を巡らせることで他種族と渡り合うか弱い生物であることは知っている。お主も例に漏れず、頭を使った攻撃に関しては目を見張るものがあった」

「……っ」

「じゃが、何度も言うように我が確かめたいのはそんなものじゃない。本能に任せ、竜の力だけで戦え。人間でしかないお主に興味などないのだから」

そう言われたところで、もう魔力は枯渇しかけている。

あと1分ほどだとアビスは言ったが、たったその時間すらも強化状態を保っていられない。

残された選択肢は、たった一つ。

「そろそろ呼吸は整ったか？」

「……ああ」

ようやく酸素が体に回った。

体の崩壊を度外視した命がけの技、〝オーバータイム〟。

あれなら、瞬間出力は竜魔力強化を上回ることができる。


「――――オーバータイム」


体の奥底から、熱と共に力がこみ上げてくる。

当初の予定通り、もう全力で攻め続けるしかなさそうだ。

「ふむ、ようやく余計なものが消えたようじゃな」

「行くぞ……！」

地面が割れるほど踏みしめ、俺は一気にアビスへと肉薄する。

拳を叩きつけるフリをして、さらに方向転換。

フェイントの要領でアビスの視線を前方に釘付《くぎづ》けにし、真後ろに回り込む。

「竜《シュタルク》ノ《・》剛《アルム》腕《・ドラッヘ》！」

がら空きの後頭部目がけ、全力の大技を放つ。

しかしアビスは振り向きすらせず、俺の一撃を首を傾けるだけでかわしてしまった。

「だ、か、ら、小細工するなと言っておろうが」

「あがっ」

アビスの肘が、鳩尾にめり込む。

「さっき学んだ限りでは、ここが人間の弱点なんじゃろ」

体が痙攣《けいれん》し、動きが止まる。

そうして俺が怯《ひる》んでいるところに、アビスの後ろ回し蹴りが叩き込まれた。

命中した位置は側頭部。

とっさに立っていることを諦め、脱力することで衝撃を緩和する。

そうしていなければ、おそらく頭蓋骨が完全に割れてしまっていただろう。

「くはは！　ダメージを逃がしたか！　じゃがそんなことしているうちは、まだまだ竜の力には順応できんぞ！」

「はっ……はっ……」

視界が揺れ、吐き気がする。

それでもまだ休めない。

どうすればいい？

竜の力はどうすればもっと解放できる？

「何を難しい顔をしている？　竜にできることをもっと意識すればいいだけのことじゃろうが」

竜に、できること？

その時、俺の頭に地底湖での記憶が頭を過ぎった。

落下するクリオラを助けなければと思った瞬間、俺の体には今までにない感覚があったはず。

「──そうじゃ、それでいい」

背中の衣服を一部吹き飛ばし、俺の体を覆うほどの大きさに広がったそれは、紛れもなく竜の翼。

エメラルド色のその翼から、脳に直接神経が繋がった感覚が走った。

行ける、動かせる。

「づっ……」

その時、胸元を中心にビキビキと音を立てて皮膚にヒビが走り始める。

ヒビ割れた部分の皮膚は次第に色を変え始め、やがて翼と同じ色へと完全に変化した。

「くくっ……いい目になったのう」

アビスが腕を再び竜へと戻して俺に向かってくる。

さっきは捉えられなかったその動きも、今はかろうじて見えていた。

翼を動かし、一瞬だけ宙に浮かび上がる。

そうすることでアビスのかぎ爪をかわし、今度は拳ではなく、シュヴァルツを振り下ろした。

「おっと、危ないのう！」

嬉々《きき》として俺の一撃をかわしたアビスは、再び懲りずにかぎ爪を突き出してきた。


――――ここだ。


俺はその突きをかわして、懐へと潜り込む。

同時にシュヴァルツから手を離した。

正直、もう体力も魔力も限界だ。

この後体が壊れてしまったとしても、ここで全力を叩き込まなければどのみち死ぬことになる。

だからこそ、すべてを出し切るのだ。

「オーバータイム……！」

「っ――――」

この時、アビスの顔から初めて余裕が消えた気がした。

「竜ノ強双撃《ツヴァイ・アルム・ドラッヘ》ッ！」

両拳を、同時にアビスの胴体へと叩き込む。

とっさに皮膚を鱗へ戻したのだろう。

俺の腕はそれすらも砕き、アビスの胴体に深々とめり込んでいた。

「く……ははは！　正直これは効いたぞ」

アビスの口元から血がこぼれる。

しかしすぐに彼女は俺の突き出した腕を鷲掴んだ。

(これでも……駄目か)

直後、腹部に激痛が走る。

いつの間にか人間体に戻ったアビスの腕が、今の俺の攻撃と同じように深々と突き刺さっていた。

「さて、反撃タイムじゃ」


そこから先の記憶は、もう途切れている。


かろうじて覚えていたのは、自分の体が反動で壊れていく感覚と、アビスから絶えず浴びせられる気持ちのいいくらいの暴力の嵐。

巨大なかぎ爪で体を大きく抉られた瞬間、俺の意識は完全に消失した。

◇◇◇

雨の中、家屋の壁に寄りかかり項垂《うなだ》れる男を、一人の女が見下ろしていた。

男の方はぴくりとも動かない。

意識を失っているのか、それとも死んでいるのか。

その二つの間で判断がつかないほどに、彼の体は酷く損傷している。

「……ふん。想像以上じゃったな」

彼女――神竜アビスは、口から溢れた血を強引に拭った。

ディオンによるシュヴァルツでの斬撃。

最後の竜ノ強双撃《ツヴァイ・アルム・ドラッヘ》。

その二つの攻撃は、アビスに大きなダメージを与えていた。

「肉体変化で傷を治す？　そんなことできるわけがなかろうに」

アビスは自分で口にした言葉を、自身の言葉で否定した。

シュヴァルツにて斬られた傷は、決して治ったわけではなく、表面を肉体変化で補ったに過ぎない。

もちろんそれで止血はできていたが、ダメージが消えたわけではなかった。

実際今もダメージは回復しきっておらず、あの瞬間ばかりは焦りを感じたのは言うまでもない。

(全力を出すまでもなかったが、意外にも人間とは侮《あなど》れんものだな)

アビスはディオンの前にしゃがみ込むと、その顎に手を当てて強引に上を向かせる。

「ふん、冴《さ》えない顔じゃな。しかし――これが中々そそるではないか」

彼女はまるで自分の唇を湿らせるがごとく、一度舌なめずりをする。

そうしてゆっくりとディオンへと顔を近づけ――動きを止めた。

「くはは……！　遅かったではないか、我が同胞よ」

ディオンの胸倉を掴み上げながら、アビスは立ち上がり、振り返る。

目線の先には、金髪の女が一人立っていた。

その背後にもう一人白髪の女がいたが、アビスの目は正面に立つ女から離れない。

「――ディオンを離して」

「ん？　この小僧か？　さて、どうするかのう。このまま食ってしまおうか？」

笑顔で言うアビスに対し、エルドラの表情はさらに険しくなる。

彼女自身が発する威圧感はさらに増し、生憎その被害を受けてしまったのは、共に駆け付けたユキの方だった。

（っ……これが本当のエルドラの圧力か……）

今まで、ユキの前でエルドラは本気を見せたことがなかった。

ディオン相手にも見せたことのないその姿を目の当たりにし、ユキは久しく感じていなかった恐怖という感情を思い出す。

「おー、怖い怖い。自分のことですら怒り狂わなかったのに、この男のことになるとずいぶん態度が違うのう」

「その人は、私の特別。どうしてあなたが手を出したの」

「はっ、そんなの決まっとろうが」

アビスは無理やりディオンの体を引き寄せると、その唇に自分の唇を重ねた。

小さく水音が響く。

それはアビスが自分の舌を彼の口の中にねじ込んだ音だった。

「くははっ、血の味しかせんなぁ」

ディオンから手を離せば、彼の体は力なくその場に崩れ落ちる。

「何……を……？」

「我は竜王になりたい。そのためには、一番王に近いお主を陥れるしかない。だからまずこの男から潰すことにしたのだ」

「理由になってないッ！」

エルドラの口から怒号が飛び出す。

無意識のうちに声に魔力が乗ったせいで、周辺の家屋の壁が軋《きし》んだ。

彼女は一歩、また一歩とアビスへ迫る。

「私を陥れるなら勝手にして。でも、ディオンは関係ない」

「――そういうところが心底苛立《いらだ》つぞ、エルドラ」

「っ！」

家屋が、世界が揺れる。

二人の圧力が中心でぶつかり、唯一近くで立っていたユキの意識すらも大きく揺らいだ。

「か……はっ」

「ユキ、もっと下がってて」

ここまで培ってきたユキの危機回避能力が発揮され、彼女はエルドラに言われた通りその場から大きく下がる。

臨戦態勢であったならともかく、混乱が勝っていたユキに耐えられる空間ではなかった。

自分の不甲斐なさを自覚してしまったからこそ、彼女の表情は暗い。

「どうして私は、あなたに恨まれなければならないの？」

「己の立場を自覚してないところじゃよ。自分が我らのような他の竜王候補とは違うということを認識しておらず、終いには竜王になどなりたくないなどとほざく」

「……それが、何？」

「竜王も竜王じゃ。竜王になるための条件すらお主に伝えておらんということは、お主が竜王になることがすでに決まっているからじゃろ」

アビスの怒りが増す。

お互いの圧力がぶつかり続けている結果、空を覆っていた分厚い雲が徐々に渦を巻き始めた。

自然すらも影響を受けてしまう。それが神竜という存在である。

「よく聞け、竜王になるための条件とは――――それぞれの竜が力を授けるに値する人間を一人選び、その者同士を争わせ、最後の一人にすることじゃ」

「どうして……わざわざそんなことを」

「そんなもんは竜王に聞け。決めたのは奴じゃ。……最初にこの男を見た時、お主が竜王争いによ うやく乗り気になったのかと嬉しく思った。じゃがそれすらも偶然だったと知り、我は益々貴様を恨んだぞ」

どこまでもコケにしおって――――。

ついに二人の距離は、腕を伸ばせば届く距離にまで縮まった。

「だから、我もこの男を選ぶことにした。竜が選ぶべき人間はたった一人。では逆に、二人から選ばれた人間はどうなる？」

「……っ」

「くはは！　そんなもの誰にも分からんよなァ！　今さっきこの男に我の血を注いだ！　二つの竜の力を宿した時、果たして人間の体はまともな状態で存在できるのか……くくっ、くははは！　見物じゃ！　実に見物じゃぞ！」

「……あなたの話が本当だとして、もしディオンが壊れれば、その時はあなたも困るはず」

「困らんよ。まだ竜王争いまでは時間がある。その時までに新たな人間を選び直せばいい」

アビスの表情が、怒りから邪悪な笑みに変わる。

その分エルドラの怒気も強まり、益々場の空気は張り詰めていった。

「さて、どうする？　エルドラ。ここで我を殺せば、今この男に注いだばかりの血の効果は消えるかもしれんぞ？　我の力が宿る前に我が消えるわけじゃからなぁ」

「そうするしか、ないのなら」

エルドラの体が動く。

超至近距離からの、側頭部へ向けた上段蹴り。

アビスは笑みを浮かべたまま、その蹴りを屈《かが》んでかわす。

そのまま一歩後退し、エルドラとの距離を取った。

「くはは！　相変わらず人間体では蹴りばかりじゃな！　そんなに足に自信があるのか？」

「威力を考えれば、当然の選択。使わない手はない」

「それもそうじゃな！」

アビスは一歩踏み出し直し、蹴りを放つ。

そしてエルドラもそれに合わせて、同じく再び蹴りを放った。

拳を振るうより、蹴りを放つ方が高い威力が期待できるのはよく聞く話。

竜であるこの二人に、スタイルと呼べるものはない。

己の肉体という武器を、力に任せて振るうだけ。

隙や反動などは考えない。

故に蹴りが多用されるのは、最大威力を考えれば必然と言えた。

「がっ――――」

蹴りがぶつかり合った結果、弾き飛ばされたのはアビスの方だった。

彼女は表に出さないように努力しているが、ディオンによるダメージがそのままの意味で足を引っ張っているのは間違いない。

エルドラはよろけたアビスの首を強引に掴むと、そのまま力任せに地面に叩きつける。

地面が激しく揺れ、アビスの体は大きく跳ねた。

「ごほっ……本当に容赦ないのう……」

「――竜ノ右腕《レヒト・アルム・ドラッヘ》」

「チッ」

かろうじて体勢を正したアビスに向け、片腕だけ竜に戻した巨大な拳が放たれる。

足元がおぼつかない彼女では、このタイミングで放たれた拳はかわせない。

「〝虚構の壁〟」

突然、エルドラの耳に男性の声でそんな言葉が届いた。

次の瞬間、彼女の目の前に鋼鉄の壁が出現し、その拳が阻まれる。

「どうやら窮地のようですね、アビス様」

「……そう見えていたのなら、お主の目もまだまだ節穴じゃ」

「おやおや、それは申し訳ありません」

アビスの隣に、一人の男が現れる。

エルドラがそう認識した時には、すでに彼女の拳を防いだはずの壁は消えていた。

「……誰?」

「おっと、これは失礼いたしました。私《わたくし》、〝虚ろ鴉〟と呼ばれる組織にて長を務めさせていただいております、フィクスと申します」

以後、お見知りおきを――。


そう告げると同時に、フィクスは酷く歪んだ笑みを浮かべた。

「わざわざ出てくる必要もなかったんじゃがな……」

「またまたぁ。私がいなければ、アビス様は死んでましたよ？」

「ケッ、余計なお世話じゃ」

アビスが立ち上がる。

いまだその体からダメージは抜けておらず、エルドラから見れば隙だらけだった。

しかし、彼女は攻め込めない。

フィクスと名乗った謎の男が放つ違和感、それがエルドラの足を止める。

「それにしても、竜の力とは素晴らしいものですね。私は〝どんな攻撃でも防ぐ壁〟をイメージして創造したというのに、その壁が大きくひしゃげてましたよ。私のイメージの範囲では強度が足りないということみたいですね」

フィクスはどこか愉快げに笑う。

そんな彼とは反対に、アビスはどこまでも不愉快そうだ。

「そんなことはどうでもよいわ。それより、何故お主がこんなところに出張《でば》った」

「・・・取引相手のことは常に視界に収めておきたい質《たち》でね。巨大な魔力が動いた際は、念のためこうしてわざわざ足を運ぶことにしているのです」

「ハッ、嘘ばかりの薄っぺらい言葉じゃ。どうせ本体は来ておらぬくせに」

彼女の意味深な言葉を受け、フィクスは今までの笑みを少しだけ薄める。

「ともかく、ここは離脱するべきではないのですか？　そこの美しいお嬢さんはまだやる気のようですし」

「……逃がすわけない」

エルドラの両腕が巨大な竜の腕へと戻る。

すべてはディオンを守るため。

ここでエルドラは、本気でアビスの息の根を止めるつもりだった。

「おお、怖い怖い。そう言われましても、アビス様にはここで散ってもらうわけにもいかないのでね」

フィクスは片腕を広げると、自分の前で一振りする。

「〝虚構のカーテン〟」

次の瞬間、フィクスとアビスを囲うように、漆黒の布が展開する。

鋭く伸びたエルドラの爪が布ごとアビスたちを切り裂こうとするが、その爪が届いた頃には布も、彼らの姿も消えてしまった。

エルドラの爪は空振りし、近くの建物の壁を大きく抉る。

「……ッ！」

悔しげに地面を踏みつけ、エルドラは小さく息を吐いた。

「エルドラ！　ディオンが……！」

そんな彼女の背中を、ユキが呼ぶ。

ディオンの体は、まだ心臓が動いていることが不思議な状態だった。

竜の血による生命力か、はたまた別の何かが働いたのか――。

しかしその活動は、今まさに終わりを迎えようとしていた。

「ユキ、回復魔術は使える？」

「一切使えん。幸いポーションはあるが……」

懐《ふところ》から治癒のハイポーションを取り出したユキは、それを一滴残さずディオンへと振りかける。

ポーションがかかった部分の傷は徐々に治っていくが、それが表面だけであるということをユキとエルドラは理解した。

内部に至るダメージまでは、どうしたって治らない。

「くそっ……どうすれば」

「――さっさとその子を担ぎなさいな。ウチで面倒見てあげるから」

雨に濡れながら、一人の女が彼女たちの下に近づいてくる。

エルドラはその女性に面識があった。

「ケール……」

「私は回復魔術師兼、魔術薬剤師だ。死んでさえいなけりゃ、私が完璧に治してあげるよ」

「……お願い」

「任せなさいな。――――この子には今さっき借りができちゃったからねぇ」

エルドラはユキの支えも借りながらディオンを担ぎ上げ、歩き出したケールの後を追う。

そして彼女が経営している店まで運び込むと、奥の居住スペースにあるベッドへと彼を寝かせた。

「じゃ、さっさと始めようか」

ケールは両手をディオンにかざし、魔力を練り上げる。

「……パーフェクトヒール」

強い緑色の光が、ディオンを包み込む。

パーフェクトヒールは、使用者の魔力をほぼすべて食うことを代償に、対象者の傷を完全に治す。

ディオンの使える回復魔術の限界、エクストラヒールのさらに上を行く魔術である。

「うっ……」

「ディオン!?」

緑の光がディオンの中に吸い込まれ、やがて消えた。

顔色は悪いものの、彼は規則正しい呼吸を取り戻す。

「ま、これで一命は取り留めたかね」

「いつ目を覚ます?」

「それは坊や次第さ。相当な寝坊助《ねぼすけ》じゃないなら、体力が戻り次第目を覚ますよ」

「そう……ありがとう」

「……さっきも言ったけど、私には坊やに借りがあるからね」

「何の？」

「さっきの戦いで、助けに入れなかった借りさ」

ケールは目を細め、戦いで乱れたディオンの髪を指で整える。

「あの黒い女の魔力で近くにいた人間はほとんど気絶したけど、それなりに場数を踏んだ私はかろうじて耐えることができてね。だけど……あの戦いに飛び込むだけの勇気は、私にはなかったよ」

「それは……責められんな」

自分の身をもって竜の圧力を知ったユキは、顔を伏せる。

竜の力はあまりにも強大。

現役のSランク冒険者が尻込みするようなレベルに、すでに引退した者ではついていくことなどできやしない。

「それにしても、最後に出てきた男はずいぶんと予想外だったね」

「知ってるの？」

「〝虚ろ鴉〟。この辺に住んでいる連中なら、一度は聞いたことがあるさ。巨大な秘密結社。実際のところ、巨大なのかどうかは定かじゃないけどねぇ。治安を守る優秀な聖騎士団ですら、まだ尻尾の先すら掴めない。ただ、数々の重大犯罪に関わっていることは間違いないらしい」

小難しい話は、エルドラには分からない。

彼女が気になる部分は、あの最後に出てきた男。

エルドラが迂闊《うかつ》に飛び込めないほどの人間。いずれにせよ危険人物であることには変わりない。

「……雨、止んだようだね」

ケールが窓の外へ視線を送る。

あれだけ降っていた雨はすっかり収まり、黒く分厚い雲は千切《ちぎ》れ、夕焼け空が顔を出していた。

「もう坊やを連れて帰ってもいいよ。一週間は絶対安静だけどね」

「……分かった。言い聞かせておく」

来る時とは違い、今度はユキがディオンを背負う。

そのまま店から出ていこうとする彼女らを、最後にケールが呼び止めた。

「そうだ。坊やが目覚めたら、この店に来るように言っとくれ」

「どうして？」

「回復魔術の使い方。もう少しちゃんと教えてやろうと思ってね」

「そう……分かった」

そうして、エルドラたちは改めてケールの店を後にする。


道中。

ぬかるんだ道を歩く二人は、同時にディオンへと視線を送る。

「エルドラ……実際のところ、アビスの血はディオンにどんな影響を及ぼすんだ？」

「……分からない。何も起きないかもしれないし、何か起きるかもしれない。私も人に血を与えたのは初めてだったから……」

「そうか……」
二人の表情は、ディオンの傷が癒えたとしてもなお暗いままだ。
ディオンは確かに生きている。
明日も、明後日も、その先も変わらずに生きているはずだった。
その未来が脅かされようとしている。
そんな事実が、二人の肩に重くのしかかっていた。
不安の雨は、いまだ止まない。

四章　コワセ

黒い何かが、胸に満ちていく。
無遠慮に侵食してくるその何かは、俺の心を容赦なく蹂躙《じゅうりん》し始めた。
体が強張《こわば》り、悲鳴すら出ない。
そして徐々に湧き上がってくる激痛。
痛みに藻掻き、血が滲むほど体を掻きむしる。
それでも消えない苦しみに、次第に憎悪がこみ上げてきた。

――――コワセ。

誰かの声がする。

――コワセ。

その言葉の恐ろしさは、よく知っているはずだった。
それでも俺は拳を振り上げ、目の前にいる誰かに――――。

「――――様！　ディオン様！」

悲痛な声で、俺は目を覚ます。

目を開けば、そこにはメリーの顔があった。

「メリー……？」

「ディオン様！　よかったぁ……」

メリーは目尻に涙を溜めながら、ホッとしたような声で言葉を吐く。

ゆっくりと周囲を見渡してみると、どうやらここは俺たちの寝室のようだった。

「俺は……っ⁉」

「大丈夫ですか⁉」

「あ、ああ……ちょっと頭が痛んだだけだ」

頭に手を添えながら、俺は思い出す。

そうだ。確かメリーとの帰り道の途中でアビスに遭遇して、それから――――。

「……よかった。ディオン様、三日も目を覚まさなかったんですよ？」

「み、三日も？」

「エルドラ様たちがディオン様を担いで連れてきた時はご無事な様子に見えたんですけど、酷く衰弱していたみたいで……」

記憶があるのは、アビスからの圧倒的な暴力を受けたあの瞬間まで。

メリーの口ぶりからすると、きっとエルドラたちが助けに来てくれたのだろう。

そのおかげで、今こうして生きているということらしい。

「心配、かけたな」

「いいえ。メリーも……あの時何もできず申し訳ありませんでした」

「それは気にしないでくれ。あの場でメリーが助けを呼びに行ってくれたから、こうして無事に帰ってこれたんだから」

申し訳なさそうに落ち込む彼女の頭を、優しく撫でる。

この触れ合いで一層安心してくれたのか、メリーはようやく笑みを浮かべてくれた。

「……っと、エルドラとユキにも顔を見せとかないとな。今どこにいる？」

「呼んできますから、ディオン様はここでお休みになっていてください。一週間は絶対安静って言い渡されてますので」

「あ、ああ……」

起き上がろうとした俺の体は、メリーの腕によって押さえつけられた。

あまりにも真面目な声色で告げられるものだから、抵抗する気も起きずにされるがままになってしまう。

（そう言えば……メリーとの約束を早速破ってしまったな）

危ないことをしないでほしい。

そう願ったメリーの気持ちを、俺は見事に踏みにじってしまったのかもしれない。

どこかで怒りを感じていたとしても、まったくおかしい話ではないだろう。

（後で改めて謝っておくか……）

そうして一人考え事をしながら待っていると、慌ただしい足音と共にエルドラとユキが部屋に転がり込んできた。

俺がそれに驚いていると、二人は俺が目を覚ましているのを見てすぐさまベッドまで駆け寄ってくる。

「ディオン、無事？　痛い所はない？」

「三日も目を覚まさないで……心配したぞ」

初めは驚きで声が出なかった俺も、いつも通りの二人の顔を見て安心感がこみ上げてくる。

「……気怠《けだる》い感じはあるけど、体は大丈夫だ。心配かけて悪かったな」

「ディオンは何も悪くない。悪いのは……アビスと、私」

エルドラの表情が曇る。

俺がその言葉の意味を測りかねていると、彼女の隣でユキがため息を吐いた。

「……しばらく二人にしてやる。貴様らはここできちんと話し合え」

「え……？　あ、ああ」

ユキはどこか呆《あき》れたようにため息を吐くと、背中を向けてそのまま部屋を後にする。

廊下から様子を窺っていたメリーも、そんな彼女の背中について姿を消した。

残ったのは、いまだ俯《うつむ》くエルドラと、俺だけだ。

「……アビスのせいっていうのは分かる。けど、何でそこにエルドラも入ってくるんだ？」

「アビスがディオンを襲ったのは、私がディオンの側にいるからだって……」

「――アビスが言ったのか？」

俺の問いに、エルドラは頷く。

その肯定を見て、ユキが呆れた様子だった訳が理解できた。

「エルドラ、最初に言っておく。お前が謝る必要なんてどこにもない」

「でも……」

「でも、じゃない。エルドラ、俺はお前がいなければ出会ったあの場所で命を落としているんだ。お前とこうして話すことも、ユキと再会することも、メリーを仲間として迎え入れることもできなかった。俺はエルドラに感謝することはあれど、怨《うら》むことなんてこの先も一生あり得ないと誓えるぞ」

「……」

俺がはっきりとそう告げても、エルドラの表情はいまだ浮かない。

いくら被害を受けた人間が気にしていないと伝えても、当事者の気持ちが晴れるわけじゃないというのは、別に納得できない話じゃないわけで。

少しでもエルドラの気持ちを晴らすためには、俺から罪滅ぼしのための何かを要求する必要があるだろう。

「……お前の気持ちがどうしても晴れないようなら、一つ頼みたいことがあるんだけど――」

「何？　ディオンの頼みなら、私何でもする」

「えっ!?」

俺が頼みたいことがあると言っただけで、エルドラは俺の顔を覗き込むようにしながらベッドに身を乗り出す。

その際に性別上無視することのできない二つで一つの塊が深い谷間を作っているのが目に入り、思わず邪《よこしま》な考えが脳を焦がした。

（いやいやいや！　違うだろ！）

俺は頭を振ってその邪な考えを振り払い、改めてエルドラと視線を合わせる。

「俺にもっと、竜の力を教えてほしい」

「……それだけで、いいの？」

いや、残念そうにしないでほしいのだが……。

「アビスと戦った時……背中から翼が生えたんだ。そこから一気に今まで以上の力が湧いてきて、今までにない威力の攻撃が出せた。だから多分、できることが増えているんだと思うんだ。まだ俺に教えてないことがあったら、それを教えてほしい」

「翼が……生えた？」

エルドラは驚いた表情で目を見開く。

思っていたものと違う反応を見せられて、俺は首を傾げた。

「何かおかしかったか……？」

「……ううん、そういうわけじゃない。できれば私もディオンに竜の力ことをもっと知ってほしい。でも私自身も人間に力を与えたことが初めてだから、どう教えていいか分からない」

エルドラはしばらく考え込んだ後、何かを思い出したかのように手をポンと打った。

「そう言えば、ディオンが目を覚ましたら顔を出すように言ってくれってケールから頼まれていた。回復魔術の使い方、もう少しちゃんと教えたいって」

「回復魔術を?」

というか――――。

「どうしてケールさんの名前が出るんだ?」

「ディオンの体を治したのは、ケール。私たちではどうしようもなかった」

「そうだったのか……」

引退したとは言え、元Sランクパーティの回復魔術師は伊達《だて》じゃないということか。

あれだけの重傷を治せるということは、おそらくパーフェクトヒールが扱えるのだろう。

俺にはまだ使えない、回復魔術の奥義。

そんな彼女に教えを乞うことができれば、普段の竜魔力強化にも活かせるかもしれない。

断る意味はどこにもない、か。

「伝えてくれてありがとう。早速行ってくる」

「駄目。一週間は絶対安静」

「……そうだった」

起き上がろうとした俺の体は、今度はエルドラによって押さえつけられる。

三日寝続けていたということは、あと四日はこのままか。

これでは三大ダンジョンに挑むのも、また少し先の話にしなければならないだろう。

「退屈？」

「ん？　ああ、まあ……」

「分かった。じゃあ私がずっと側にいる」

「は!?」

エルドラは俺の掛布団をめくり、もぞもぞと横に潜り込んでくる。

そのままぴったりと密着してきたことで、エルドラの顔がすぐ目の前に置かれることになった。

吐息の音すら聞こえてくるような距離感に、心臓が跳ねる。

「これならディオンの体調が急に悪くなっても安心。すぐに対応できる」

「いや……多分逆効果なんだけど……」

動揺のあまりエルドラを引き剥がせないでいると、突然部屋の扉が開かれた。

「そろそろ話は終わったか？」

「あ……」

顔を出したユキは俺たちの様子を視界に映すと、眉間にぎゅっと皺《しわ》が寄った。

「……エルドラァ、ディオンは絶対安静と言われたはずだが？」

「うっ……」

ユキの怒号が飛び、伝説の神竜が怯《おび》える。

これはある意味貴重な光景なんじゃなかろうか？


――――そんなこと言ってる場合じゃないか。

◇◇◇

ひとまず、絶対安静と言われた一週間が経過した。

屋敷の外に出て、俺は自分の体の具合を確かめる。

「――――よし」

入念に体をほぐし、俺は一つ頷いた。

目覚めた直後に感じていた気怠さなどは長い間意識を失っていた弊害だったらしく、今はもう存在しない。

体の調子もすこぶるよく、今まで以上にいい動きができる予感がする。

（何でだろうな……ろくに動いてなかったのに）

言われた通り、目覚めてからここ数日間は激しい運動を控え、動くにしても屋敷の周辺を散歩する程度にとどめていた。

その割には力が漲《みなぎ》っているというか――――まあ、動かなすぎて知らず知らずのうちにフラストレーションが溜まっていたのかもしれない。

「準備はできたか、ディオン」

「ああ、もういつでも行けるよ」

俺は待たせていたユキとエルドラと合流し、敷地から出る。

これから俺たちは、回復魔術をさらに鍛えてもらうためにケールさんの店へと向かう。

二人が同行するのは、万が一再びアビスが襲撃してきた時のためだ。

聞くところによると、奴は〝虚ろ鴉〟の長を名乗る男と組んでいるらしい。

しかし向こうが二人でも、エルドラとユキがいてくれれば数で有利が取れる。

常に付き添ってもらうようなことはさすがに避けたいと思っているが、アビスの力をこの身で味わった以上、さすがにもう一人で立ち向かうだけの勇気は湧いてこない。

「ディオン、調子はどう？」

「ん？　別におかしい感じはしないけど……どうした？」

「……ううん。何でもない」

明らかに何でもなくはないといった様子で、エルドラは顔をそらす。

ここ一週間何事もなかったというのに、俺の体がまだ心配なのだろうか？

大袈裟《おおげさ》だと言って安心させてやりたいところだが、それだけ彼女らが俺を見つけた時の状態が酷かったのだろう。

きっと俺がエルドラだったら、同じような心配をしていた。

二人と共に、ケール薬店の扉を潜る。

相変わらずの薬臭さに顔をしかめていると、店の奥からどこか楽しげなケールさんが現れた。

「来たね、坊や。面を見る限りは元気そうじゃないかい」

「その節はありがとうございました。おかげで今のところはいい調子です」

「ならよかった」

「それにしても……何故俺の回復魔術を鍛えるなんて話が？」

「坊やの回復魔術にちょっと興味があってね。見たところ、私の扱う回復魔術とはどこか違うように思えたんだよ」

ケールさんの回復魔術と、どこか違う？

疑問を抱いた俺は、自身の手に視線を落とした。

俺の回復魔術は、育ててくれた爺《じい》さんが教えてくれたもの。

それまで魔術というものに触れたことがない俺は当然違和感なんて抱かなかったし、村を出た後も何人かの回復魔術師に出会ったが、自分の魔術がおかしいなんて一度も感じたことがなかった。

だからそう言われたとて、俺の中ではしっくりこない。

「回復魔術であることには変わりないんだけど、うーん……そうさねぇ。回復魔術に、何か別の力が混ざっているような違和感って言えばいいのかな」

「エルドラからもらった竜の力が作用してる、とか？」

「だったら、私が感じた別の力からはその子の香りがするはずだよ。それがないってことは、ここにいる誰にも分からない未知の力ってことになる」

未知の力と言われて、益々俺は首を傾げる羽目になった。

ケールさんの言う通りなら、俺の中に自分でも知らない力が眠っていることになる。

ただの村人だった俺にそんな力が宿る理由がない。

「坊やの回復魔術はどうやって覚えたものなんだい？」

「育ての親の爺さんから教わりました」

「教わったものかぁ……じゃあその人の教え方が悪かったわけでもなさそうだ」

俺はケールさんの言葉に対して頷く。

爺さんは寡黙《かもく》な人で決して多くは語らなかったが、間違ったことをする人ではなかった。

それはユキも証明してくれることだろう。

「ふぅむ……一応実際に確認させてもらってもいいかい？」

「え？」

ケールさんはカウンターの引き出しから小さなナイフを取り出すと、自分の腕を切りつけた。

あまりにも唐突な行動が故に、俺は彼女の腕から滴る血を呆然と眺めることしかできない。

「ほら、治しておくれ」

「あ……はい！」

慌ててケールさんに駆け寄った俺は、彼女の腕にヒールを施した。

すぐさま緑色の光が傷口を包み込み、綺麗さっぱり消すことに成功する。

「……これで何か分かりましたか？」

「んー……そうさねぇ」

ケールさんは自身で傷つけた部分を何度か指で擦ると、顔を上げた。

「ちょっと調べものがしたくなってきた。回復魔術を教えるのは今度でも構わないかな？」

「え？　あ、ああ……それは大丈夫ですけど」

「場合によっては、私じゃどう足掻《あが》いても教えようがないこともあり得るからね。何か分かればまたこっちから連絡を入れるよ」

「分かりました」

話はそれだけだと言いたげに、ケールさんは店の奥へと引き返していく。

回復魔術を教わることができなかったのは残念だが、それどころではないかもしれない問題が浮上してきた以上は仕方ない。

俺はエルドラとユキを促し、店から出ようと踵を返す。

「――――あ、もう坊やの体は大丈夫そうだから、冒険者活動は再開していいよ。もちろん無理はしないようにね」

「……それを聞けて安心しました。ありがとうございます」

そのことを言うために足を止めてくれたケールさんは、最後にウィンクを残して改めて姿を消した。

店を出た俺たちは、そのまま街を歩く。

「回復魔術に違和感か……ディオンとは村からの長い付き合いになるが、そんなもの微塵《みじん》も感じたことがなかったな」

ユキの言葉に、俺も頷いた。

少なくともクリオラの使う魔術とは大した差はなかったと思う。

「心当たりが一つもないってことは、俺たちで考えても仕方ないってことだ。詳しいことは全部ケールさんに任せて————っ」

そうして会話しながら歩いていると、突然俺たちの目の前に立ちはだかるように鎧を着た男が現れた。

俺はその男を見て、反射的に顔をしかめる。

「っ……セグリット」

「いい御身分だな、穀潰《ごくつぶ》し」

相変わらずシンディとクリオラを連れている彼は、酷く不快そうな目で俺を睨む。

しかし意外にもセグリットは俺から目をそらし、一つため息を吐いた。

「はぁ……まあいい。今日は貴様に用があるわけじゃない」

「は？」

「ユキさん、あなたにお話があります」

セグリットはユキへ顔を向け、そう告げた。

対するユキは俺よりも深く深く眉間に皺を寄せると、寒気がするような視線でセグリットを睨み返す。

「……何だ。事と次第によっては貴様を目の前から排除することも厭《いと》わないが」

「そ、そんな……僕とあなたの仲じゃないですか」

そう言いながら、セグリットはなよっとした笑顔をユキへと向ける。

一体どんな仲があるというのだろう。

明らかにユキはセグリットのことを嫌っているのだが。

「んんっ……僕らも暇じゃないので、単刀直入に言わせてもらいます」

「貴様、私をおちょくって――」

「ユキさん、僕のパーティに戻ってきませんか？」

セグリットはユキの発言を遮るようにして、どこか焦った様子でそう問いかけた。

「……何だと？」

「ユキさん、あなたは最高の冒険者だ。だけどその男が率いるパーティにいたんじゃ、あなたはどんどんくすぶっていくことになるでしょう」

「ほう、それで？」

「僕ならあなたのパフォーマンスを最大限活かせます。ユキさんの活躍する場所は僕が作る。だからまた共にダンジョンを攻略しましょう」

――こいつ、前は「あなたでも手が届かないような最強の冒険者になる」って息巻いてなかったか？

どうやらもうその意気込みはどこかへ消えてしまったらしい。

安いプライドに振り回され、周りが見えていないその愚かな態度に怒りを通り越して呆れてしまう。

「何かずっと勘違いしているようだが……すでに貴様がディオンより優れている点が思いつかないのだが」

「な、何を言ってるんですか……？　僕が……僕がこの役立たずよりも劣っていると……？」

「白の迷宮での一件をもう忘れたのか？　ブラックナイトを倒したのはディオンだ。私たちにできなかったことを、ディオンは一人で成し遂げたんだぞ」

「っ……！　そんなのでたらめだ！　僕らが弱らせたところを横取りしただけですよ！」

こいつはもはや何かに取り憑《つ》かれているんじゃないだろうか。

あまりにも意固地になりすぎて、見ているこちらが痛々しくていたたまれなくなってくる。

「貴様……どこまで私を苛立たせれば気が済むんだ」

「僕はこんな田舎者の回復魔術師とは格が違うんだ！　どうして分かってくれない……ユキさん！」

――話が噛み合っていない。

「ああ……そうか、この役立たずを一人にするのが不安と言うのなら、この際役立たず付きでいいですよ。僕が欲しいのはユキさんとそこの金髪の方だけですが、二人が仲間になってくれるのであればお荷物がいても何とかなるでしょう。これでどうですか？　だいぶ譲歩したつもりですが」

どこまで上から目線で話せば気が済むのだろう。

それにいつの間にかエルドラが巻き込まれており、加えて俺が参加することを譲歩などと言い放った。

ふつふつと、心の底から怒りが湧き上がってくる。

怒りを通り越して呆れ、そして呆れを通り越したどす黒い怒りの感情が満ちていく。

「ユキさん、あなたは僕と共にいるべきだ。あなたならいずれ僕の伴侶になることだって――」

「ちょ、ちょっと!?　何言ってるのよセグリット！　将来は私のことを妻にしてくれるって言ってたじゃない！」

「うるさいなぁ！　君のことも愛してあげるよ。それでいいだろ？」

奴とシンディが何やら話しているが、俺の耳にはもう入ってこなかった。

自分でも恐ろしくなるほどの怒りが俺を動かす。


――コワセ。


（壊す……？）

そうか、この怒りを治めるには、目の前にいるこの男を壊してしまえばいいんだ。

「……ディオン？」

エルドラが俺を呼ぶのを無視して、俺はセグリットの顔に拳を叩き込む。

鈍い音がして、奴の体は大きく後ろへ吹き飛んだ。

通行人たちがざわつき始め、俺たちを避けるように道が開ける。

「あがっ……な……何を」

「うるさい」

「お、お前っ⁉」

俺は倒れ込んだセグリットの胸倉を掴み上げ、その顔に再び拳を叩き込む。

口の中が切れたのか、奴の血が俺の拳についた。

俺はそんなことは意に介さず、そのまま拳を何度も叩きつける。

「がっ、ぶっ、ぐっ」

「……」

何度も、何度も、何度も。

セグリットの顔の形が変わってしまっても、俺の手が止まることはなかった。

「ちょ……ちょっとあんた、やめてよ……っ！　やめなさいよ！」

「だからうるさいッて！」

「ひっ――」

返り血を浴びた俺の顔を見て、シンディの表情が引きつる。

まだ俺のどす黒い気持ちは治まらない。

すでに意識のないセグリットを地面に落とすと、俺は拳を振り上げる。

「竜ノ右腕《レヒト・アルム・ドラッヘ》」

腕をエメラルド色の光が包み込む。

しかしその鮮やかな光は徐々に内側から黒く染まり、最終的に漆黒へと変わった。

そんな腕を、俺はセグリットの顔に目掛けて振り下ろし――――。

「ディオン！」

拳が当たる寸前、飛び込んできたエルドラによって、俺は腕ごと押さえ込まれる。

その瞬間、俺の頭は何事もなかったかのように冷静になった。

目の前には形が歪み、血にまみれたセグリットの顔がある。

「お、俺は……何を……？」

血に濡れた拳に、呆然と視線を落とす。

言い訳などできない。

俺の拳には、セグリットの顔を殴った感触がしっかりと残っていた。

そして、その際に感じた快感も。

「っ……回復魔術をかけます！」

セグリットに駆け寄って、クリオラは手をかざす。

緑色の光が奴を癒やしている中、俺はシンディから杖を向けられていた。

「あんた……！　どういうつもり!?」

「い、いや！　俺は――――」

その時、俺とシンディの間にユキが割り込む。

「先に挑発してきたのは貴様らだ。お互い様だろう」

「はぁ!?　どう考えてもやりすぎでしょ!?　死んでたかもしれないのよ!?」

「……そもそも、貴様らはディオンを崖から突き落として殺そうとしたはずだ。今更自分が殺されそうになったからって文句を言うのはお門違いだと思わないか？」

「うるさいわね……！　一々過去のこと掘り出さないでよ！　大体生きてたんだから別にいいでしょ!?」

「本当に……どこまで腐れば気が済むのだ、貴様は」

ヒステリックな表情で喚くシンディと、その目の前で静かに怒りを燃やすユキ。

まさに一触即発の空気の中、先に変化したのは周囲の空気だった。

『何あれ……喧嘩《けんか》？』

『また冒険者か。ったく、街中でほんと迷惑だよな』

俺たちを取り囲むようにして、ざわざわと通行人たちが集まり始める。

騒ぎが大きくなってしまったようだ。

「おいおい、一体何の騒ぎだ？　これは……」

しばらくして冒険者同士の喧嘩を聞きつけたのか、何人かのギルド職員を引き連れたレーナさんが現れる。

治療が終わったもののいまだ意識を失ったままのセグリットは職員たちによって担がれ、シンディとクリオラと共に去っていった。

レーナさんは残った俺たちに歩み寄り、どこか困った顔を浮かべる。

「……とりあえずお前らも移動すっぞ。事情はギルドで聞かせてもらうから」

「っ、レーナ。私たちは何も悪くないぞ」

「お前らの事情は理解してるが、拳を血に染めた明らかな加害者がそこにいるんだ。一旦事情を聞かねぇことにはどうしようもねぇんだよ。今は黙ってついてこい」

「……くっ」

正直なところ、俺はまだ現状をはっきりと理解できていなかった。

どこか頭の中が放心した状態のまま、俺はエルドラに支えてもらいながらレーナさんについていく。

そのまま彼女によって案内された場所は、何度か訪れたことのあるギルドマスターの部屋だった。

◇◇◇

「――――で、早速事情を聞かせてもらおうかね。当の本人のディオンが放心状態みたいだし、説明はお前に任せるよ」

レーナさんはユキに視線を送りながらそう告げる。

「……セグリットが私に対してパーティに戻ってくるように言った。しかしその言い方があまりにも侮辱しているようにしか捉えられなかったため、ディオンが私の代わりに奴を撃退した。それだけの話だ」

「それだけの話だ、じゃねぇんだよ」

さらっと説明しようとしたユキに対し、レーナさんの鋭い眼光が向けられる。

「いいか、あたしら冒険者は自分の力にちゃんと責任を持たなきゃならねぇ。ムカついたからっておいそれと暴力を振るっていいわけじゃねぇんだよ」

「っ、だが――――」

「お前らが考えるべきなのは時と場所だ。こう言っちゃなんだが、別にあたしらの目が届かない所で好きにやる分には何も言わねぇんだよ。ただ今回に関してはあまりにも街のど真ん中すぎるし、これでまた多くの一般人に対して〝冒険者は野蛮《やばん》な連中〟って印象を与えちまった。そのせいでお前ら以外の冒険者が割を食うことがある。ランクトップ層のお前らはなおさら立場ってものを考えなきゃならねぇんだ」

次第に冷静さを取り戻してきた俺は、レーナさんの言葉を重く受け止めていた。

これまで何度もセグリットを殴ってやりたいと思ったことはあれど、実際に手を出したことはない。

そんなタガが簡単に外れてしまったことが、何よりも恐ろしい。

「あたしにゃギルドマスターとして冒険者って立場の人間たちを色んな意味で守る義務がある。他の連中の手前、お前らだけ特別扱いはできねぇ。多少の罰は与えるが、理不尽《りふじん》だなんて思わねぇでくれよ？　これも荒くれ者だらけの冒険者業に規律を生むためだ」

「……チッ」

ユキの苛立った様子の舌打ちが響く。

続く言葉が出ないということは、彼女にももう反論はないということだ。

もちろん、俺に反論なんてあるはずがない。

この要求がどうしても嫌なら、冒険者を辞めてしまえばいいのだ。

ダンジョンに潜れなくなってもいいのなら、だが――。

ただ、一つだけ聞かなければならないことがあった。

「……レーナさん、罰を受けるのは俺だけでいいですよね？」

「ん？　ああ、まあそうなるな。直接暴力を振るったのは間違いないわけだし。多少の罰金程度は覚悟しとけよ」

「意外と軽い罰ですね……」

「幸いその辺りの処分を決めるあたしがお前らの事情を理解してるしな。さすがに殺しちまってたらこんなもんじゃ済まなかったけど」

その後レーナさんは棚から取り出した書類にいくつか文字を書き込み、俺へと手渡す。

受け取った俺はその書類に書かれた金額の罰金をこの場で支払い、彼女はそれを懐にしまい込む。

「よし、この金は後でセグリットに手渡しておく。もう帰っていいぞ」

「……待て、一つ聞きたい」

帰宅を促すレーナさんの目の前に、いまだ不満げなユキが躍り出る。

「んだよ？　まだ納得できねぇのか？」

「いや、ディオンの処分に関してはもう納得した。今更駄々《だだ》をこねる気もない。だがセグリットの方はどうなんだ。ディオンをダンジョン内で殺そうとした以上、未遂とは言え罰を受けるのが筋ではないのか？」

「……止められてんのよ、奴への干渉は」

「何だと？」

突然ユキよりも不機嫌な表情を浮かべたレーナさんを見て、俺は察する。

「聖騎士団からですか？」

「何だ、お前らも事情は知ってんのか」

「クリオラから直接聞きました。聖騎士団がセグリットを餌にして〝虚ろ鴉〟の確保に動いていると」

「それを知ってんなら話は早いわ。要はでかい秘密結社を壊滅させるために、その鍵になる可能性があるセグリットの罪はすべて見逃されているってわけ。こっちも特別扱いしたくてしてるわけじゃねぇんだよ」

聖騎士団は自分たちが貴族出身であったり高貴な身であることを誇りに思っており、荒くれ者の多い冒険者を見下している節がある。

故に彼らと冒険者は仲が悪い。

レーナさんも例に漏れずあまりいい印象は抱いていないようだ。

「つーかお前ら、今後もセグリットの動向については気を付けろよ？」

「何故私たちが気にしなければならないんだ」

「何度もダンジョンに挑戦して何度も失敗しているせいで、あいつの軍資金は尽きかけてるらしい。そのせいでだいぶ荒れてるって噂《うわさ》だ。お前ら――っていうか、ユキに接触してきたのもお前の貯蓄《ちょちく》目的かもな」

「……どこまでも腐った男だな」

軍資金が尽きかけているという話で、ようやくセグリットが焦っていた理由が理解できた。

ここまでは完全に聖騎士団が描いたシナリオ通りに事が運んでいる。

セグリットの金が底を突けば、再び月幸草を用いた薬物販売に手を出す。

都合がいいように聞こえていたそんな思惑が、まさに現実になろうとしていた。

◇◇◇

「ちょ、ちょっとセグリット！　飲み過ぎよ!?」

そんなシンディの声が、酒場特有の活気によってかき消される。

ジョッキに並々と注がれていた酒を一気に飲み干したセグリットは豪快に口元を拭うと、自分に対して注意してきた彼女を睨みつけた。

「うるさいな。いいだろ、酒くらい」

「で、でも……」

セグリットに好意を抱いているシンディは、彼に嫌われたくないあまり強い言葉をかけることができない。

たとえその行為が確実に間違っていると分かっていても。

「……セグリット、それ以上の注文はまずいです。いよいよ資金が底を突いてしまいます」

見かねたクリオラが注意すると、彼は拳をテーブルに叩きつけて怒りをあらわにした。

「だからうるさいんだって！　大体金がないならお前たちの武器を売ってくればいいだろ！　どうせ最前線で戦うのは僕なんだ！　お前たちにそんな高価な物が必要なわけないだろ！」

「なっ……！　これがあるから強い魔術が撃てるのよ!?」

シンディは自前の杖を守るかのように抱きかかえる。

その姿を見て、セグリットはさらなる苛立ちを見せた。

「はっ、杖一つでたかが魔術師のひ弱な魔術が強くなるわけがないだろう。現にシンディ、君の魔術じゃAランクの魔物たちを仕留められていないじゃないか。昨日潜ったダンジョンに出てきた魔物だって、全部僕の剣で仕留めたんだからな。役に立たない杖なんて早く売り払ってきてくれないか？　このままじゃ僕の装備が買えないんだ」

「っ……最っ低！」

「……僕に向かってよくもまあそんな口が利けたもんだな」

突然席を立ったセグリットは、シンディの顔面を拳で殴りつけた。

さすがにそこまでされるとは思っていなかった彼女は、その拳を受けて勢いよく床を転がる。

「シンディ!?」

慌てて席を立ったクリオラが彼女の元に駆け寄り、回復魔術を施す。

いつの間にか酒場の中も静かになり、彼らは訝《いぶか》しげな視線の中心に置かれていた。

「セグリット！　最近のあなたは目に余る行動が多すぎます！」

「クリオラ、君まで僕に意見するのか？　そこの役立たず魔術師ならともかく、君の回復魔術はまだ使えるんだ。僕に殴らせるような真似はしないでほしいね」

いまだ苛立ちを隠せない様子のセグリットは、ふてぶてしく椅子に座り直す。

そしてジョッキの中に酒がないことを確認した彼は、深いため息と共に店員を呼んだ。

「おい！　もう一杯持ってこい！」

その声に反応して歩み寄ってきたガタイのいい店主は、腕を組んだままセグリットを睨みつける。

「……あんちゃん、そろそろ周りの迷惑考えてくれねぇか」

「何？」

「テメェのせいで気持ちよく酒が飲めねぇ奴らがいるんだよ。暴れんなら店から出てけ」

「この僕を追い出す？　ふざけるなよこのクソ店主が！　僕はセグリット・スパルーダ！　栄誉あるスパルーダ家の息子だ！　貴様のような薄汚いクズが命令していい相手じゃないんだぞ！」

店主に殴り掛かろうとしたセグリットだったが、その途中でふらついてしまい、拳は空振りに終わる。

傷は治ったものの、ディオンに必要以上に殴られた体にはダメージが残っていた。

そこに許容量を超える酒が入ったことで、現在彼の平衡《へいこう》感覚はかなり狂ってしまっている。

「クソっ！　忌々《いまいま》しい！　クリオラ、支払いは任せたぞ」

「ど、どこへ行くんですか⁉」

「君に言う必要はない」

クリオラの問いを冷たく突き放し、セグリットは酒場の出入口から暗い夜道へと消えていった。


何もかもが上手くいかない。

セグリットはそうなってしまった経緯を必死に思い返す。

思えば、これまで順調に成り上がっていたのは黒の迷宮までだった。

白の迷宮では冒険者として初めての攻略失敗。

あの時の絶望感は、いまだに色濃く彼の中に残っている。

「……全部、あのクソ役立たずのせいだ」

セグリットの顔が怒りで醜く歪む。

頭の中から消えてなくならないのは、ディオンの顔。

逆恨みでしかない感情の矛先は、間違いなく被害者であるはずの彼へと向けられていた。

「あいつが大人しくダンジョンで死んでいれば、ユキさんが僕から離れることもなかったんだッ！」

夜道にセグリットの怒声が響く。

息を荒らげ、彼の歩みは徐々に速くなりつつあった。

（ユキさんだって、あんな田舎臭い腑《ふ》抜《ぬ》けた男よりも僕と一緒にいた方がいいに決まってる……あんな奴の側にいたんじゃ彼女は輝けない！）

セグリットの頭の中には、もはやディオンへの憎悪とユキへの独占欲しか存在していなかった。

あまりの憎悪が故に、彼の手はゆっくりと腰に携えられていた剣へと伸びる。

しかし半分ほど引き抜かれた刀身には無数の刃こぼれとひび割れが存在し、到底まともに使える状態ではない。

これもすべて無謀《むぼう》なダンジョンへの挑戦と、積み重なった失敗が生んだ罰である。

（これでは斬れる物も斬れないか……）

いつもならすぐに剣を買い替えていたが、財産をほとんど失った現状ではそれも叶わない。

セグリットに必要な物は、何よりも金。

それを得るための手段に、彼は心当たりがあった。

ふらふらと彼が向かっていったのは、ゴミが散乱した暗い路地の奥。

不快な臭いを堪えながら進むセグリットを出迎えるかのように、路地の奥にはボロボロの扉が存在していた。

彼は扉の目の前に立つと、それを二回ノックする。

「……セグリットです。入りますよ」

そう告げたセグリットは、扉を開けて中へと入っていく。

そんな背中をつけてきたクリオラに、まったくもって気づかないまま――――。

(もしやと思ってついてくれば……あれが〝虚ろ鴉〟の拠点でしょうか)

音を消す風の魔術を使いつつ、セグリットが入っていった扉へと素早く身を寄せる。

そして扉が閉まりきる前に木の破片を挟み込み、数秒待ってから中へと滑り込んだ。

扉の向こうにあったのは、暗くかび臭い廊下。

音を消したまま進んでいけば、クリオラは進む先に小さな光を見つける。

それは小さなランタンの光だった。

ランタンが置かれた場所は小部屋になっているようで、セグリットの背中がその中へと消えていく。

「――――おやおや、セグリットさんではありませんか。お久しぶりです」

「ご無沙汰《ぶさた》してます、フィクスさん」

「また会えて嬉しいですよ。して、今日はどんなご用件で？」

薄暗い小部屋の中で椅子に腰掛けていたのは、漆黒の髪を長く伸ばした怪しげな男。

彼はニコニコとセグリットを歓迎するかのような笑みを浮かべながら、彼にも椅子に座るよう手で促す。

「実は……薬をまた僕に流してもらえないかと思いまして」

「おや？　冒険者業が軌道に乗ってからは必要ないとおっしゃってませんでしたか？」

「……すみません」

「ああいいえ、別に皮肉を言ったわけじゃないんですよ。ただあなたほどの冒険者がお金に困るようなことがあるのだなーと思いまして」

セグリットの肩が悔しさのあまり震える。

目的のために手段は選ばない男とは言え、リスク承知で犯罪行為に手を出すことには抵抗があった。

これまではAランク冒険者としての輝かしい報酬が懐に入ってきていたわけで、捕まる危険性まで背負って薬を売る必要なんてどこにもない。

そんな自分が落ちる所まで落ちたということを、セグリットはこの場で改めて実感したのだ。

「装備さえ新調できれば、また冒険者業に戻れるんです……だからまた月幸草の薬を俺にください！」

「……ふむ」

これまでの話を聞いていたクリオラの拳が、固く握られる。

（ようやく尻尾を出した……！）

月幸草の名前が出た以上、フィクスという人間が〝虚ろ鴉〟の人間であることはまず間違いがない。

そしてセグリットのような傲慢《ごうまん》な人間が、いくら取引相手だったとしても組織の下《した》っ端《ぱ》相手に腰を低く対応するわけがない。

つまるところ確証はないものの、十中八九フィクスという男が組織の中で高い位に位置する人間だと思われる。

今まで構成員の一人すら分からなかった捜査状況で言えば、これは大きな進歩と言えた。

――もしも、街中でディオンたちと出会ったのがクリオラだけだったのなら、このフィクスという男が〝虚ろ鴉〟のボスであると伝えられていたのかもしれない。

「うーん……私たちのためによく働いてくれたセグリットさんには恩がありますからねぇ。できれば快《こころよ》く売人を任せたいところなのですが、実は最近薬の規制が厳しくて、あまり売りたい状況とも言えないのですよ」

「そんな……！」

「ですが、今言った通りあなたには恩があります。なので別の仕事を任せたいのですが、どうでしょうか？　もちろん報酬は売人以上の値段を支払いましょう」

「い、いいんですか⁉　ぜひ……！　ぜひお願いします」

「いいお返事をありがとうございます。では――」

――その陰に隠れた不届き者を、あなたの手で処分してください。

「ッ⁉」

突如として、この暗い空間に緊張が走る。

自分がつけられていたことに今更気づき、驚くセグリット。

そして、気づかれていたことに驚くクリオラ。

二人はそれぞれ別角度からの驚きによって肩を跳ねさせる。

(嘘……!?　魔力は消してるはずなのに！)

潜入捜査をするに当たりクリオラが選ばれたのは、戦闘も隠密もそれなりにこなせるという長所があったからだ。

基本的な気配殺しと探られないようにするための魔力の殺し方。

たとえ本職の人間でなくとも、簡単には見破られない自信があった。

「驚くのも無理はありません。ただ私の〝虚ろの台本〟はあなた程度の実力者なら効果があるようですね」

フィクスの手に、突然分厚い漆黒の本が現れる。

そしてもう片方の手に羽ペンを持つと、何かを本に対して書き記し始めた。

その瞬間、クリオラの背中に寒気が走る。

(っ、離脱しなければ！)

クリオラは踵を返し、自分が通ってきた廊下を引き返す。

しかし外へ繋がる扉にたどり着きかけた時、突然天井の一部が音を立てて崩れ落ち、入口を塞いだ。

「なっ……！」

「何をしているのですか、セグリットさん。早く彼女を始末してください」

いまだ呆然としたままのセグリットの手に、一振りの剣が握らされる。

どこから出したのかも分からないその剣は、幻でもなく確かな質量を持っていた。

「で……ですが、彼女は僕のパーティメンバーでして」

「おや？　彼女はあなたと私の関係を見てしまったのですよ？　ここで逃がせば私は逃げ切れたとしてもあなたは一生牢獄暮らしになるでしょ」

「そんな……」

「そ、れ、に。あなたがAランク冒険者なんて立場でくすぶっているのは、弱い仲間のせいなんじゃないですか？　弱者は切り捨ててしまいましょうよ。あなただって足は引っ張られたくないでしょう？」

「……そう、ですね」

セグリットの目が曇っていく。

ディオンへと向いていた憎悪の感情の中に、クリオラやシンディへの悪感情が混ざり込んだ。

（そうだ、いらないものはすべて捨ててしまえばいい……）

彼女らさえいなければ、新しく装備を買ってやる必要もない。

ポーション代だって浮くし、図々《ずうずう》しく彼女面するシンディのうざったさに悩まされることもない。

必要になったら仲間はまた補充すればいい。

それにディオンを消せば、きっとユキが戻ってきてくれる。

――――そんな脈絡のない思考回路が、セグリットの頭を焼いた。


「分かりました、今すぐ彼女を始末します」

「そうですか。お利口さんですね」

フィクスの微笑みを背中に受け、セグリットは足止めを食らったクリオラへと一気に迫る。

そして瓦礫を魔術で吹き飛ばそうとしていた彼女の背中に向けて、剣を突き立てた。

「ぐっ……セグリット……！」

「消えろ、恩知らずの役立たずが」

突き立てた剣を捻《ひね》り、そして引き抜く。

口から血を吐いたクリオラは膝から崩れ落ち、力なく地面に倒れた。

辺りに血だまりが広がる。

そんな光景を、セグリットはただ冷たい目で眺めていた。

「……終わりました、フィクスさん」

「ご苦労様でした。では約束通り」

そうフィクスが告げると同時、彼の目の前にあったテーブルの上に皮袋が出現する。

見るからに重そうな袋の中身を覗いたセグリットは、途端に表情をほころばせた。

「ありがとうございます……！　これだけあれば装備どころか失った人員まで補充できますよ！」

「それは何よりです。また何かあれば気軽に私のことを頼ってくださいね」

「フィクスさん……！」

感激した様子のセグリットは、フィクスに深々と頭を下げてこの場所を後にする。

残ったフィクスは優しい微笑みを浮かべたまま、いつの間にか手に持っていた紅茶を小さく口に含んだ。


「――――つくづくペテン師じゃのう、お主は」


そんな声と共に、暗闇の中からぬるりと一人の女が姿を現す。

「おやおや、いつから見ていたのですか？　アビス様」

「安心せい、今さっき目覚めたところじゃ。ようやく傷が癒えてきたんでな」

「その傷をつけたのも、竜の力を得た少年、でしたか。まさか人間が竜に痛みを与えられるようになるなんて、夢にも思っていませんでしたよ」

「ふん、よく言うわ。お主とて理《ことわり》から外れた人間だろうに」

アビスの皮肉を含んだ言葉に、フィクスは相変わらずの微笑みで返す。

「……それよか、あの男はもう用済みか？」

「セグリットさんのことですか？　ええ、ネズミの始末には一役買ってくださいましたし、もう私には必要ありませんね」

「ほう……ならば次は我が遊んでも構わないな？」

「おや？　セグリットさんに興味がおありで？」

「人間の中でも、奴が恐ろしく阿呆《あほう》であることは分かる。故にああいう者の行く末が知りたいと思ってな」

お前さんと同じだよ――――。

アビスがフィクスにそう告げれば、彼は心底楽しそうな笑みを浮かべる。

「あなたもおもちゃで遊ぶのが相当お好きなようだ」

「お主ほどではないがな……ま、遊ぶなどと言ったが、我からすればあの男をいじるのは一種の保険でもある」

「保険？」

「我が血を与えた者とあの男はいがみ合う関係にあるらしい。万が一の話になるが、ディオンと呼ばれているあの男が二つの竜の血に耐えるようなことがあれば、我は奴を支援しなければならぬ。そうなった時のために、多少なりとも強くなってもらわねば困るんでな」

「ああ、なるほど。あの時あの場にいた彼にセグリットさんをけしかけるつもりですね。うーん、ですが彼、想像以上に使えないかもしれませんよ？」

フィクスはセグリットが出ていった出入口の方へと視線を向ける。

そこには当然彼の姿はない。

それに加えて、剣で刺されたはずのクリオラの姿もなくなっていた。

「ご覧の通り、ネズミ一匹仕留められなかったようですし」

「ふん。奴自身に価値など感じとらんわ。都合のいい人形、そんな評価で十分じゃ」

口角を吊《つ》り上げたアビスは、再び闇に体を溶かしていく。

「……フィクスよ。くれぐれも我の邪魔だけはせんようにな」

「あなたの邪魔など頼まれてもしませんよ。私は私でやるべきことがありますからね」

「そうか……ならよい」

その言葉を最後に、アビスの姿は完全にこの場から消える。

残されたフィクスは紅茶に口をつけ、小さくため息を吐いた。

「……羨ましいですね。アビス様から施《ほどこ》しを受けるなんて」

そう呟いたフィクスは、テーブルの上に紅茶のカップを置く。


――その瞬間には、すでに彼の体はこの場から消えていた。


気づけば紅茶のカップも、それを置いたはずのテーブルも、彼が座っていた椅子も、あたかも最初からなかったかのようにその存在を消してしまう。

そこにはもう、何もないただの廃墟の部屋だけが広がっていた。

五章　どこまでも深い黒

――コワセ。

また、胸の奥から声が響く。

――コワセ。

その声は徐々に近くなり、俺はその圧力に押し潰されそうになる。

コワセ、コワセ、コワセ。

――すべてをコワセ。

「う――うわぁぁぁああああ！」

絶叫と共に、俺は跳ね起きる。

いつもの寝室の光景、それに安心感を覚えていると、顎を伝う汗の感覚に気づいた。

体を見下ろせば、びっしょりと寝汗によって寝間着ごと濡れている。

これだけ水分を垂れ流せば、当然ながら喉もカラカラだ。

「はぁ……はぁ……」

運動もしていないのに、息切れしている。

気分も最悪だ。

それもすべては今日見た謎の夢が原因だろう。

最後に聞こえたあの声。

信じがたいことだが、あの声はどう聞いても俺の――――。

「――――ディオン！　大丈夫か⁉」

「ゆ、ユキ……？」

寝室の扉を開けて、ユキとエルドラが雪崩《なだ》れ込んでくる。

二人は俺の様子を見て目を見開くと、血相を変えて俺のベッドへと駆け寄ってきた。

「叫び声がして驚いた。ディオン、どうしたの？」

「いや……ちょっと変な夢を見て飛び起きただけだ。何かあったわけじゃない」

「……そう」

俺とエルドラが話している途中、俺の体に手を置いたユキが、訝《いぶか》しげな視線を向けてくる。

「酷い寝汗だ……ディオン、これじゃ何もないと言われても信じられないぞ。一体何の夢を見たんだ？」

「……ずっと、頭の中に声が響くんだ」

コワセ、コワセ。

その声は俺の声のはずなのに、憎悪や怒りを含んだ恐ろしい呪詛《じゅそ》のように聞こえてくる。

「アビスの影響かも……」

エルドラのその発言をきっかけに、沈黙が広がった。

アビスの血を無理やり与えられたという話は、レーナさんに罰金を払って帰宅した時にすでに聞いている。

その影響が出始めていることは間違いない。

だからと言ってどうすればいいのか。

「ディオン、やはり私とエルドラは貴様の側で寝るべきだ。この先何かあっても、私たちなら抑え込める」

「……そう、だな」

セグリットを殴りつけた時のような暴力性が再び湧き出した時のために、二人には俺の部屋から一番遠い部屋で寝てもらった。

もちろんメリーも。

かなり恥ずかしい話だが、これまでずっと一緒にいた二人が離れたことで不安を感じていた部分もあるかもしれない。

「エルドラ、本当に何か対応できる策はないのか？」

「……あるのかもしれない。でも、私にそれを知る術《すべ》はない。……ごめん」

「謝るな。貴様を責めるつもりはない」

二人のやり取りを聞きながら、俺は自分の汗ばんだ胸に手を当てる。

自分が徐々に自分ではなくなっていく感覚というのは、こんなにも恐ろしいものなのか。

エルドラにもユキにもメリーにも、これ以上心配をかけたくない。

そしてこのままではダンジョンを攻略するなんて目標も夢のまた夢だ。


重い沈黙がさらに俺たちの心に暗雲をもたらす。

そんな中、誰かが口を開こうと息を呑んだ瞬間、ドタドタと慌てた様子のメリーが部屋に飛び込んできた。

「ディオン様！　玄関の方まで来てくださいませんか⁉」

「え……どうしたんだ？」

「具合の悪そうな方を背負った女性がディオン様を呼んでほしいと……」

エルドラとユキと顔を見合わせた後、俺はベッドから立ち上がる。

俺の意図を酌《く》んでくれた二人についてきてもらいながら、俺は急いで玄関に向かって走り出した。

いくら自分が危機的状況だったとしても、困っているであろう人を放っておくことはできない。

そして玄関にたどり着いた俺の前には、見知った二つの顔があった。

「シンディに……クリオラ!?」

「ディオン……！」

俺の顔を見たシンディが、悲痛な表情で俺の名を呼んだ。

彼女の背中には、青い顔をしたクリオラがいる。

意識はなく、呼吸も荒い。

何やら悪い状況であることは間違いなさそうだ。

「昨日突然私の家に転がり込んできて……具合が悪そうだったから回復魔術師に見せに行ったんだけど、原因が分からないって言われて……それでっ！」

「落ち着け、シンディ。ゆっくり話せ」

「う……うん」

ユキの言葉でそれまで荒らげていた息を整えたシンディは、事の顛末《てんまつ》をゆっくりと話し出した。

曰《いわ》く、突然シンディの家に転がり込んできたクリオラは、そのまま意識を失ってしまった。

放っておくわけにもいかず彼女が医者として働く回復魔術師の所へ運んだところ、傷もなく原因不明。

何か病に侵されているわけでもなく、毒の反応も出ない。

どこへ行っても追い返されてしまうため、やむなく俺たちの元へと来た――――という流れのようだ。

「……あんたにしたことを考えれば、頼むこと自体がお門違いだってことは分かってる。でもこの子にはちょっとした借りがあるのっ！」

「借り？」

「き、昨日……あんたたちと別れてから、治療されたセグリットに殴られて……私の杖に対して『役に立たない杖なんて早く売り払え』って……でもクリオラだけは私のこと庇ってくれたから……っ！　だから！」

「……もういい。分かったよ」

正直、悲痛な表情を浮かべるシンディを見てざまあみろという感情が一つも湧かなかったと言えば嘘になる。

信じてついていった男に裏切られ、さぞ苦しい思いをしたことだろう。

シンディのことを許したわけではない。

しかしクリオラを助けないわけにもいかない。

彼女にはセグリットを捕まえてもらわなければ困るのだ。

「何とかしてみる」

俺の言葉に頷いたシンディは、クリオラを俺に託して一歩下がる。

改めて見てみても、外傷などは一切ない。

発熱は確認できるが、毒や病のような症状ではない。

どちらかと言えば骨折や傷口から菌が入り込んだ時のような反応だ。

（呪いの類《たぐい》か……？）

そう思い診察の仕方を変えるが、魔力の流れがおかしいわけでもない。

そもそもこの程度の診察で原因が分かったのなら、シンディが別の回復魔術師の元へ連れていった段階で明らかになっているはずだ。

（外傷はないが……何か内臓にダメージがあるのか？）

やむを得ず、俺はクリオラの服をまくり上げて素肌に触れる。

鳩尾の辺りから下へ。

直接触れることで診察していく。

するとちょうどへその近くに触れた瞬間に、クリオラの呻き声が大きくなった。

「……ここか」

「ぐっ……うぅぅ」

彼女の額に脂汗が浮かんでいる。

触った限りでは何もない。

しかし原因は間違いなくこの部分だ。

（メリーの呪いを解いたあの時の力が使えれば、もしかしたら……）

クリオラの体に手をかざす。

「――――ヒール」

緑色の光が彼女の体を包み込む。

そしてメリーの時と同じように光の中に金色が混ざり、そして白く、さらに眩く変化していった。

徐々に光が弱まり、そして完全に消える。

「……うっ」

声を漏らしながら、クリオラの目が開く。

どうやら意識が戻ったようだ。

「大丈夫か、クリオラ」

「こ、ここは……？」

「俺たちの屋敷だ。具合の悪そうなあんたをシンディがここまで連れてきたんだぞ」

「シンディが？」

体を起こしたクリオラがシンディと顔を見合わせる。

どこか気まずそうに目をそらしたシンディに対し、クリオラは深く頭を下げた。

「ありがとうございます、シンディ。そしてディオン。おかげで助かりました」

「……別に。これで借りは返したから」

シンディはぶっきらぼうに言い放つと、自分の毛先を指でいじり始める。

あれが照れているというやつだろうか。

「それで、何があったんだ？」

「……セグリットが〝虚ろ鴉〟の重鎮《じゅうちん》らしき存在と接触した場所に潜入していたのですが、不覚にも気づかれ、セグリットの手によって刃《やいば》を――」

クリオラは先ほど俺がヒールを使用した部分に手を添える。

しかしどうしても疑問なのは、刃という部分だ。

「クリオラ、刃と言うが刺し傷なんてどこにもなかった。どういうことか分かるか？」

「え……？　そんなはずはありません。確かに刃を突き立てられた感覚が……」

実際のところ、彼女の苦しみ方は鋭い物によって体を傷つけられた時に近い様子だった。

刃に貫かれていると言われれば間違いなく納得できただろう。

「ディオン、この人嘘は言ってない」

「……だろうな」

感覚が敏感なエルドラが言うのだ。それに俺の直感もそうだと言っている。

傷をつけない。

というより、おそらくは傷をつけたことにする何かしらの魔術。

もしそんなものが本当に自由に扱える力なんだとしたら、あまりにも凶悪すぎる。

回復魔術だけではどうしようもないのだから。

セグリットにそんな力が扱えるとも思えない。

だとしたら誰が――――。

「もうあいつの話なんて聞きたくないわ……私はもう行く。あんたも、私の顔なんて見ていたくないと思うし」

「……それは否定しない」

俺にとってシンディは、火球を当てて崖下へと落とした実行犯。

すべてはセグリットの指示の下だったとは言え、奴の次に許せないのは間違いなく彼女だ。

できることならもう関わりたくはない。

「シンディ……あなたはこの後どうする気なんですか？」

「どうもしないわ。とりあえずレーゲンからは出ていくつもり。どうせ他にできることもないし、どこか小さなパーティにでも入れてもらって細々暮らすわよ」

「そう、ですか……」

最後にそう言い残したシンディが、玄関から外へと出ていこうとする。


「――――待て」


しかし、そんな彼女をユキが呼び止めた。

「……何？」

「貴様に聞きたい。何故私たちの屋敷を訪れることができたのか」

「だから、他の回復魔術師じゃどうしようもなかったから、ダメ元で……」

「そうじゃない。私もディオンもエルドラも、貴様に屋敷の場所を教えたことなど一度もなかったはずだ。その上で答えろ。何故この場所に来ることができたのかを」

「それは――――」

シンディが答えようとして、途中で言葉に詰まる。

そして何度か口をパクパクと動かした後、目を見開いた。

「あれ……どうして私、あんたらの家を知ってるの？」

その瞬間、彼女の体越しに激しい閃光《せんこう》が見えた。

それに反応したのは、エルドラとユキ。

二人はシンディを押し退《の》けて外へ飛び出すと、屋敷へと向かってきていた閃光の斬撃を弾き返した。

「ほら、言ったじゃろ。あの女の後を追えばお主の求めるすべての物がそこに揃っておると」

「……ありがとうございます、アビスさん。おかげで面倒事が少なくて済みそうです」

姿を現わしたのは、セグリットと、その後ろにつくアビスの二人。

セグリットの装備はすべて新しい物に変わっており、剣も今まで以上の業物《わざもの》を手に入れたようだ。

「奴に台本だけ書かせたのは正解じゃったなァ。よぉ、エルドラ。会いたかったぞ」

「アビス……！」

「そう怒るでない。我は今日一切手を出すつもりはないからのう」

アビスはセグリットの背中を押し出す。

奴は俺に憎悪のこもった視線を向けると、剣先を向けてきた。

「ディオン……貴様を殺し、僕はユキさんを手に入れる」

「何を言ってるんだ……お前は」

「僕はいずれすべてを手に入れる。すべてのダンジョンを攻略し、すべてのアイテムを収集し、勝ち得た強さですべてを支配する！　僕にはその権利がある！」

奴が何を言っているのか分からない。

元から野心が強すぎると男だとは思っていたが、何がきっかけでここまで育ってしまったのだろう。

もはやその欲望は怪物と言っても差し支えない。

「すべてのSランクダンジョンを攻略した後に手に入ると言われる、〝永遠の幸福〟。僕の最終目標はそれだ。そしてそこにたどり着くまでの過程には、間違いなくユキさんの力が必要になる。だから――――」

セグリットは真剣な表情を浮かべ、ユキに向かって手を伸ばした。

「僕と共に行きましょう、ユキさん。僕があなたを幸せにしてみせる」

「……っ！　ふざけるな！　自分がディオンに対して何をしたのか忘れたのか？」

「選ばれた者の代わりに小物が犠牲になるのは当たり前です。むしろ被害者は僕の方だ。ディオンは自分が弱いのにも関わらずあなたにみっともなく付きまとって足を引っ張り、加えて大人しくあのダンジョンで死なず再びあなたの前に戻ってきた。せっかく邪魔者を排除して強いパーティができたのに、この役立たずのせいですべて台無しだ」

「貴様……どこまで私を怒らせれば気が済む」

「被害者も怒りたいのも僕の方ですよ！　ユキさん！　いつまでそんな男に惑わされているんですか!?　早く僕のモノになれ！　僕は選ばれた人間だ！　今だって僕はこのアビスさんに選ばれた！竜のパートナーに相応しい存在として選ばれたんだよ！」

「何だと？」

セグリットの体から、突如として黒いオーラが噴き出す。

そのオーラからは確かにアビスの匂いがした。

そして今までとは比べ物にならないほどの強い魔力を感じる。

「アビス……！」

エルドラがアビスを睨む。

しかし彼女は口元に指を当て、悪魔じみた笑みを浮かべた。

「そうじゃ、セグリット。お主はこの我に選ばれた。我を竜王にすることができれば、我のすべてを用いてお主を人間の王にすることを約束しよう」

「ええ、全力であの男を排除させてもらいますよ……！」

アビスの奴、セグリットを自分のパートナーに選んだことにして俺にけしかけたわけか。

彼女の目的が何か分からないが、どうせろくでもないことばかり考えているのは間違いない。

「あの時は自分の手を汚さないようにしたことが間違いだった。だから今日は、直接この手で始末してやるよ……！」

剣を振り上げたセグリットは、そのまま俺へと飛び掛かるべく地を蹴った。

「ディオン様！」

声がした方向に一瞬だけ視線を送れば、メリーがシュヴァルツを大事そうに抱えてこちらへ走ってきていた。

そしてまだ少し離れた場所から、シュヴァルツを俺の手元へと放り投げる。

「助かった！」

受け取ると同時に鞘《さや》から抜き放ち、セグリットの一撃を受け止める。

しかし俺が戦う際には必須な竜魔力強化を施している間がなかった。

純粋な力比べなら、当然セグリットの方が上。

勢いのまま支えきれなかった俺は、そのまま玄関先を転がる羽目になった。

「がっ……！」

「ほら見ろ！　やっぱり僕の方が上だ！　上なんだよ！」

じわりと、胸の底から再び黒い感情が滲み出してくる。

これはあの時と同じだ。

(呑み込まれては駄目だ……！)

太ももに爪を立て、痛みによって正気を保つ。

そしてシュヴァルツを支えに立ち上がり、改めてセグリットと向き合った。

「……そもそも僕は、セントラルで貴族として生まれたんだ。その時からすでに選ばれた存在だったんだよ。魔力の量だって他人とは桁が違う。剣術の才能だって聖騎士団の連中ですら僕には敵わないはず。お前のような田舎生まれのゴミクズとは立場が違うんだ」

こいつはユキが俺と同郷であることを知っているはずなのに、よくもまあそんなことが言えたものだ。

「けど……お前も運がよかったね、その竜に拾ってもらえて。何故お前のような役立たずが黒の迷宮を攻略できたのか、アビスさんに教えてもらってようやく理解できたよ。とんだ卑怯者だったってわけだ」

「……それはお前もだろ」

「一緒にするな！　このゴミクズがッ！　特別な存在である僕には竜という偉大な存在から施しを受ける権利がある！　資格がある！　お情けで力を分けてもらったお前とは違うんだ！」

分かっていたことだが、もう話は通じないらしい。

目が完全に据わってしまっており、明らかな錯乱状態にあることが見て取れる。

アビスによって力を与えられ、こいつの中の何かのタガが外れてしまった。

「……一応言っておくが、冒険者同士の殺し合いはご法度《はっと》だぞ。ギルドマスターが黙ってない」

「知るか！　相手が何であろうと、僕の邪魔になる奴は全部消してしまえばいい！」

「ああ、そうか」

――――よく分かったよ。

向こうが殺しに来るのであれば、こっちも全力で迎撃するしかない。

「竜魔力強化《ドラゴンブースト》……！」

エメラルド色の光が俺を包み込む。

それと同時に、魔力を生み出す魔臓と呼ばれる臓器の辺りから、いつもとは違う感覚がした。

しかし、それに構うだけの余裕はない。

「っ……！」

床を蹴り、セグリットを屋敷から遠ざけるべく剣を押し出す。

驚きの表情を浮かべた奴と共に、俺は勢いに任せて庭の地面を転がった。

「ディオン……私も」

「エルドラたちは手を出さないでくれ。こいつとは、いい加減決着をつけなきゃいけないらしいから」

セグリットと正面から睨み合う。

思えば、パーティを組んでいた時間はそれなりに長いものの、こうして全力で戦うことは初めてだ。

癪《しゃく》に障《さわ》るが、奴の戦法は理解している。

ただそれもアビスの力を得た今のセグリットにどれだけ当てはまるか――――。

「吹き飛べぇぇえええええ！」

セグリットの振り上げた剣から光が噴き出す。

そして奴自身の体から滲み出した黒い魔力が白い光と入り交じり、二色の魔力を灯す剣を作り上げた。

「混沌なる斬撃《ソード・オブ・カオス》！」

「っ！」

奴の剣から放たれた斬撃は、地面を抉りながら俺へと迫る。

それを認識した時には、俺はすでに魔力を充填《じゅうてん》したシュヴァルツを振り抜いていた。

「黒ノ斬撃《ソード・オブ・シュヴァルツ》！」

二つの斬撃が拮抗《きっこう》する。

しかし想像以上にアビスから得た力が大きいようで、俺の斬撃は徐々に奴の斬撃に呑み込まれていった。

「はははははははっ！　ほら！　やっぱり僕の方が優れてる！」

――――だが、馬鹿正直に力比べするほど、俺は己の力を誇示するつもりはない。

斬撃自体で視界を塞ぎ、俺はセグリットの真後ろへと移動した。

「なっ――――」

「遅い」

思いっきり剣を振り抜く。

その一撃はとっさに振り返ったセグリットの体を鎧ごと大きく斬り裂き、後退させることに成功した。

「つぅ……この卑怯者がァァァアア！」

「……お前は戦いを何だと思っているんだ」

「戦い!?　戦いだと!?　これは戦いじゃない！　僕による蹂躙劇だ！　お前は抵抗せず地べたを這いずり回ってればいいんだよ！」

　セグリットは声を裏返らせながらも怒声を吐き捨てる。

　その間に、どういう訳だか俺のつけたはずの傷がじわじわと塞がり始めた。

「再生能力……？」

「ふっ、そうさ！　これもアビスさんの力が僕に適応したことによって生まれた能力！　お前ごときの攻撃じゃ僕の内臓すら傷つけられない！」

　奇《く》しくも回復魔術によって即座に体を修復する俺と同じような状態になっているようだ。

　どこまで行っても癪に障る。

「お前に勝ち目はない！　大人しく死に晒《さら》せぇぇ！」

「……っ」

　こいつを殺すには、この程度の火力では足りないということか。

　俺はシュヴァルツを地面に突き刺し、拳を構える。

　おそらく斬撃などの綺麗な傷では簡単に再生してしまうはずだ。

　再生を少しでも阻害するためには、打撃などの砕くような攻撃が必要になる。

　まず馬鹿正直に一直線に距離を詰めてくるセグリットの一撃を、体をそらしてかわした。

奴の攻撃は一々大振りで、目を強化している間は避けるのも容易い。

「くっ……ちょこまかと！」

「……20秒、竜ノ左腕《リンクス・アルム・ドラッヘ》」

「ごっ――――」

横薙ぎの斬撃を潜り抜け、脇腹に左腕を叩き込む。

甲高い音と共に鎧が砕け、さらに肉を捉える感触が拳に伝わってきた。

肉を潰し、体の芯《しん》に打撃が通る。

そして次の瞬間、セグリットの口から血が溢れ出した。

「ごほっ……こんの……ゴミクズがッ！」

血を吐くこともおかまいなしに、セグリットは再び剣を振り抜く。

まだ再生しきっていないからか、その攻撃は今まで以上に避けやすい。

紙一重で刃を避け、セグリットに肉薄する。

「竜ノ右腕《レヒト・アルム・ドラッヘ》」

「がっ……」

今度は右の脇の下に打撃を叩き込む。

鎧を砕き、さらには骨を砕く感触。

奴の口から赤い泡がぶくぶくと溢れる。

「き――――貴様ァ」

「竜ノ左腕《リンクス・アルム・ドラッヘ》」

「ぎっ」

「竜ノ右腕《レヒト・アルム・ドラッヘ》」

「おぐっ……！」

竜ノ左腕《リンクス・アルム・ドラッヘ》、竜ノ右腕《レヒト・アルム・ドラッヘ》。

両腕を何度も何度も振るい、セグリットの体を何度も何度も叩く。

セグリットの体が跳ね、仰《の》け反り、くの字に折れ曲がった。

そしてついに、奴の意識が大きく揺らぐ。

（ここで終わらせる……）

俺は今まで以上に大きく腕を引き絞り、多量の魔力を拳へと集める。

「１００秒ッ！　竜ノ剛腕《シュタルク・アルム・ドラッヘ》ッ！」

ほとんどすべての魔力を込めた一撃を、セグリットの胸の中心に叩き込む。

その一撃によってすでに機能を保っていなかった奴の鎧は完全に砕け、胸部の骨すらも完全に砕け散った。

意識が途切れていたセグリットに踏ん張る力などあるはずがなく、奴の体は何度も地面を跳ねながら吹き飛んでいく。

「はぁ……はぁ……」

俺の体からエメラルド色の光が収まっていく。

ずいぶん魔力を使ってしまったようだ。

もはや竜魔力強化を保っていることすらできない。

「だが……これで――」

息を切らしながら、吹き飛んだセグリットへと視線を向ける。

確実に致命傷となり得る一撃だったと、拳に残った手応えが言っていた。

これでようやく奴を殺すことが――。

(殺す……？　俺が？)

途端に手が震え出す。

急速に頭が冷えたことで、自分のしたことが鮮明にフラッシュバックした。

自分の意思で、俺は誰かを殺そうとしたのだ。

「――ははは、はははははははは！」

そんな俺の思考を遮るように、聞こえるはずのない笑い声が響き渡った。

そして、心臓すらも破壊したはずのセグリットの体が、ゆっくりと起き上がる。

「少しは……見直してやろう。クズもクズなりに力をつけていたんだな」

気持ちの悪い動きで起き上がったセグリットは、俺と目を合わせて口角を吊り上げる。

「だが足りなかったようだ。僕の体はすでに再生を始めている」

セグリットのぐちゃぐちゃになった体が、急速に元に戻っていく。

それに加え、今までの奴の肉体よりもさらに強靭《きょうじん》になりつつあった。

筋肉を鍛えた後の超回復の原理が、短い時間で急速に行われているような、そんな印象を抱く。

「くそっ……」

「さあ、今度はこっちの番だろう？」

俺の連打を受けている間に落としていた剣を拾ったセグリットは、今まで以上の速度で俺に肉薄する。

搾りかすのような竜魔力強化状態でかろうじてそれをかわし、地面に刺しておいたシュヴァルツに飛びついた。

「ははっ！　どうやら燃料切れのようだな！」

真上から振り下ろされた剣を、シュヴァルツで受け止める。

ミシリと両腕の筋肉と骨が軋む音がした。

何とか前に押すようにして受け流し、俺は後ろに飛び退く。

しかし――――。

「遅いぞ！」

「がっ……!?」

下がったはずの俺にすぐさま追いついたセグリットは、横薙ぎに剣を叩きつけてくる。

とっさにシュヴァルツを挟み込んで防いだが、竜魔力強化も切れ、加えて体勢も極めて悪い。

刃と刃が擦れる高い音が鳴り、俺の体はみっともなく地面を転がる羽目になった。

「さっきの爆発的な魔力が消えたからおかしいと思ったんだよ。やはりお前は不完全な出来損ないだ。こうして魔力の切れたお前は役立たず以外の何者でもない！　あの時お前を崖から突き落とした僕の判断は間違ってなかったんだっ！」

「……」

「無能は無能らしく！　役立たずは役立たずらしく！　僕の踏み台になっていればいいんだよ！」

真下から斬り上げるようにして迫ってくる一撃によって、シュヴァルツが天高く弾かれる。

そしてセグリットはさらに一歩俺に迫り、斜めに俺の体を斬り裂いた。

「あ――――」

「もう一度言ってやろう。お前はもう、用済みだ」

自分から噴き出す血を眺めながら、ゆっくりと真後ろに倒れた。

崖から落ちた時と同じような、自分から力が抜けていく感覚が襲い掛かってくる。

魔力が空になっているから、当然回復魔術は発動しない。

（ああ……）

いい機会だと、〝死〟が楽しげに寄ってくる。


――――コワセ。

夢で響いていた声が、再び聞こえてくる。

――――コワセ、コワセ。

「すべてを……コワセ」
腹の底から徐々に強くなっていくその声は、ついに俺の口から漏れ出した。

『あ――――アァァアアアアアアアアアアアアア！』

初め、その声が自分のものだと認識できなかった。
俺の口から放たれた絶叫が、宙に轟く。
そこで俺の意識は、どこまでも深い黒に塗り潰された。

六章　真の決別

「な、何だ⁉」

突然人間のものとは思えない絶叫を上げたディオンを前にして、セグリットは思わず後ずさる。

同時に、ディオンの体からセグリットを包んでいたものに極めて近い黒いオーラが噴き出した。

そのオーラは一瞬にして彼の胴体についた傷を再生し、全身に魔力を満たす。

「ディオン……！」

エルドラが彼の名を呼ぶ。

そしてエルドラがディオンの元に駆け寄ろうとし、それに釣られる形でユキも駆け出した。

しかし触れようとしたその寸前で、彼の体から噴き出した魔力によって二人の体は大きく吹き飛ばされる。

「何だと⁉」

「そんな……」

エルドラの顔が悲痛に歪む。

「ディオンから……アビスの匂いがする」

「っ……そうか」

二人の中に嫌な予感はずっとくすぶっていた。

その予感の対象が明確に現れたが、文字通り予感していたおかげで動揺はさほど大きくない。

ただ、どうすればいいか分からないだけだ。

「くははっ……くはははははははははは！　愉快ぞ！　実に愉快！　我の力にエルドラが選んだ人間が溺《おぼ》れておる！　こんなに愉快なことはない！」

「あ、アビスさん⁉　どういうことですか！　あれは僕と同じ力――」

「喧しいぞ人間！　さっさと奴を倒してみろ！　さすれば我の力を持つのはお主だけじゃ！」

「え？　あ、ああ……」

エルドラたちと同じように混乱しているセグリットは、アビスの口車に乗り再び剣を構える。

直後、彼の剣は根元から砕けるように折れた。

いつの間にかセグリットの目の前まで移動していたディオンが、己の腕力だけで砕き折ったのだ。

『オオオォォォオォォォォォォォォォオオオオオ！』

「ひっ……！」

ディオンは雄叫《おたけ》びを上げ、叩き折ったセグリットの剣を口に運んで噛み砕く。

理性の欠片《かけら》も見当たらない行動を前にして、彼は思わず声を引きつらせた。

「や、やめろ……っ」

『オォォォオオ！』

「あがっ⁉」

手でセグリットの頭を鷲掴みにしたディオンは、そのまま彼の体を地面に向かって叩きつけた。

地面がひび割れるほどの衝撃と共に、セグリットの体が跳ねる。

そして浮かんできたところで今度は腕を鷲掴みにすると、大きく振りかぶって何度も何度も地面に叩きつけ始めた。

「が……あ、ああ……」

『オオオオォォォォォォオオオオッ！』

ボロボロになったセグリットから手を放し、ディオンは再び空に向かって雄叫びを上げた。

その隙に、セグリットは体を再生させながら大きく彼から距離を取る。

「ハァ……ハァ……何だよ！　何なんだよお前は！」

『グルルルルルルル……』

ディオンの体が徐々に変質していく。

左半身に黒い鱗が生え始め、腕も足も人間とは到底思えない形へと膨れ上がった。

まさしく歪《いびつ》。異形。

顔の左半分は口すら裂け、爬虫類を思わせる相貌を浮かび上がらせる。

雄叫びと共に、今度は彼の半身から黒い翼が飛び出した。

その迫力に押され、セグリットは今一度足を竦《すく》ませる。

『グルォォォォオオオオオ！』

「……死ね。死ね！　死ね！　死ね！　死ねよ化物！　お前なんか僕の剣で――――」

その時、ディオンが変質した足で砕けたセグリットの剣の欠片を踏み、パキリと音が響いた。

恐怖のあまり我を失っていた彼は、そこで自分の剣が折られていたことを思い出す。

「あ……ああああ！」

『オォォォオオオ！』

絶叫と雄叫びが同時に轟いた。

地面を蹴ったディオンは、かぎ爪となった左腕を振りかぶりながらセグリットに迫る。

それを防ぐ術のないセグリットは思わず体を庇おうとして、自分の前へ腕を突き出した。

当然それは悪手《あくしゅ》であり、彼の腕は二の腕の辺りから千切れ宙を舞う。

「ぎゃ――――」

悲鳴を上げそうになったセグリットの顔を、ディオンは変質した腕で掴み、持ち上げる。

恐怖の感情に染まった目でディオンを見る彼は、その手から逃れようと足をじたばたと動かした。

『オオォォォ……』

「んーっ！　んーッ!?」

ディオンは大きく口を開き、そこに魔力を溜め始めた。

この予備動作から放たれるのは、竜の技の一つ、〝咆哮《ブレス》〟である。

「んんーっ！」

言葉にならない声で叫んだセグリット。

直後、ディオンの口から放たれた黒い魔力の本流が、自身の腕ごとセグリットの体を呑み込んだ。

『オオォ……』

ディオンの手がゆっくりと開き、全身から煙を上げるセグリットの体が地面へと落ちた。

もはや彼の体は人としての原型を保っていない。

「……チッ、こんなにあっさり終わるとはのう。想像以上につまらん男じゃった」

セグリットを見下し、アビスはため息を吐く。

しかしその直後、彼女は大きく後ろへと飛んだ。

「ほう、我にまで牙をむくとはなァ！」

『オォォォオオ！』

アビスの体を薙ぐようにかぎ爪を振るったディオンは、威嚇《いかく》するように声を上げた。

「ディオン！　戦いはもう終わった！　貴様が勝ったんだ！」

『ウゥゥゥ……』

「っ……私が分からないのか」

ディオンの意識は、もうここにはない。

今はただ、音や動く物に反応するだけの本能で動く獣である。

そして新たに声を出したユキに向けて、ディオンはかぎ爪を向けて飛び掛かった。

「くそっ」

ユキは剣を抜き、かぎ爪を受け止める。

二つの力がぶつかり合ったことで、地面がひび割れるほどの衝撃が駆け抜けた。

「重い……！」

人間離れしたSランク冒険者であるユキですら、今の竜の力を暴走させたディオンの腕力を受け止めきれない。

拮抗していたかに思われた力比べも、徐々に徐々にユキの方が押され始める。

一瞬でも気を緩めれば一気に押し潰されてしまうという状況。

そんな中で、ディオンが再び口に集め始めた魔力が彼女をさらに窮地へと追いつめる。

（さっきの攻撃か⁉）

セグリットの体を炭へと変えた〝咆哮《ブレス》〟。

あの一撃が、今度はユキに向かって放たれようとしていた。

「……すまない、ディオン」

『オォォオオオオオ！』

「ふッ！」

ユキは体の軸をずらしてディオンの腕を受け流すと、そのまま懐へと飛び込む。

そして真下から彼の顎を手のひらで強くかち上げた。

口の向きが変わったため、竜ノ咆哮《ドラゴンブレス》は空へと放たれる。

そのわずかな硬直時間を利用して、ユキは後ろへ大きく距離を取った。

「チッ……馬鹿力にもほどがあるな」

刃こぼれなどしないはずだったユキの最高品質の剣に、無数のヒビが入っていた。

それだけディオンの腕力が強いということだ。

少なくともあと数回でもユキと彼がぶつかれば、彼女らの体よりも先に武器が音を上げるだろう。

「ディオン様……」

あまりの彼の変わりように、顔を青くしたメリーがぼそりと呟く。

状況として最悪だったのは、その声にディオンが反応してしまったこと。

ユキに蹴られたダメージで怒り狂っていたディオンは、その顔をメリーに向けて怒号を発する。

そのあまりの勢いに、彼女の足はまるで釘付けになったかのように竦んでしまった。

『オォォォオオオオオオオオオォッ!』

「ひっ――――」

アンバランスな翼を一度意味なく動かし、ディオンはメリーに向かって飛び掛かった。

ユキは彼女を庇うべく、顔をしかめて地面を蹴る。

しかし、そんなユキよりも速く動く存在がいた。

「――――ディオン、止まって」

『ゴ……』

ディオンの前に、エルドラが立ちはだかる。

彼女の姿を見たからか、それとも突然目の前に想定外の存在が現れたからか、理由は分からない。

ただディオンは確かに一瞬動きを止めた。

『オ……オォォォォォオオオオオオ!』

「っ……!」

自分に湧き上がった謎の動揺を振り払うかのように、ディオンはかぎ爪を大きく振りかぶり、エルドラに向かって振り下ろす。

彼女はその攻撃を見上げるようにして視界に捉えつつも、その場から動こうとはしなかった。

そしてその一撃は、ついにエルドラの肩口を抉る。

「エルドラ!?」

「……大丈夫」

ユキの心配する声にただ一言返したエルドラは、一歩、ディオンの懐へと足を踏み入れた。

何かを感じ取ったのか、正気を失っているはずの彼は分かりやすい動揺を見せる。

その隙に、エルドラはディオンの体を抱きしめた。

「ディオン、もう大丈夫だから」

『ウゥゥゥウウ……』

ディオンは自分の体にまとわりついた敵を排除すべく、再び腕を振り上げた。

しかし、その腕は決して振るわれることなくそのまま下ろされる。

ディオンは何もせず、ただエルドラへと視線を送った。

「信じて。絶対に私があなたを助けるから」

そう告げたエルドラは、突然ディオンの顔に自分の顔を近づける。

そして彼の口に自身の唇を重ねた。

エルドラとディオンの唇の隙間から、赤い血が一筋垂れる。

初めて彼らが出会った時と同じように、エルドラは自分の血をディオンへと与えたのだ。

小さく喉を鳴らし、ディオンは与えられた血を体内へと取り込む。

「……だから、帰ってきて？」

唇を離し、エルドラは懇願する。

するとディオンの体が一度大きく跳ね、呻き声を漏らした。

『オォ……オォォォォオオォォォォオオオオ！』

「ディオン、頑張れ」

その雄叫びは、もはや痛みに耐えるための苦しげな悲鳴だった。

暴れ回りそうになってしまうところを、エルドラが押さえつける。

「ディオン……頑張れ」

『オオ、オォォ……』

直後、彼の体を侵食していた黒い鱗がポロポロと剥がれるように消えていき、不自然に変形した腕や足が徐々に元の形へと戻っていく。

そして完全に元に戻ったディオンは、気を失ったままエルドラの体に体重を預けた。

「……何をしたのじゃ、エルドラ」

「ディオンが暴走してしまうのは、あなたが力を過剰に与えてしまったからだと思った。だから、今度は私の力があなたの力と均衡が保てるように注ぎ直してみたの」

「そんなことをして、もしそやつの体が耐えられなかったらどうするつもりだったんじゃ」

「ディオンが最後に私を振り払わなかったのは、私を信じてくれたから。だから私は絶対にディオンを裏切れない。失敗のことなんて、一度も考えなかった」

ディオンを抱きかかえたまま、エルドラはそう言い切った。

魔臓に満ちていた黒い魔力は新たに流れ込んできた黄金の魔力によって中和され、やがて彼自身の純粋な魔力として全身へと行き渡る。

「ここに来て、己の性質を利用したわけか……エルドラァ」

「性質？　どういうこと？」

「それすらも聞かされていないわけか。本当に、お主は恵まれてるのう」

アビスは眉間に皺を寄せると、口から皮肉をこぼす。

「力の性質の話じゃよ。お主の力は〝中和〟。我の力は〝変化〟。魔術という術が使えない我らに与えられた、唯一の個性と言える部分じゃよ」

まあ、お主の性質に関しては予想でしかないがな――。

アビスは最後にそう言い残し、忌々しそうにエルドラから目をそらした。

「何でもいい。ディオンを助けられたのなら、何でも」

ディオンの顔からは悪夢を見ていた時のような苦悶の表情は消え、安らかなものへと変わっていく。

そしてわずかな時間を挟み、ディオンはついに目を開いた。

◇◇◇

まるで暗い水の中にいるような感覚だった。

重くて、苦しくて、冷たい。

その水は俺の動きを阻害するばかりか、口から中に入って肺を満たそうとしてくる。

藻掻いても藻掻いても体は浮上せず、逆にどんどん沈んでいった。


自分が消えていく。


身の毛がよだつようなそんな予感がし始めた時、突然水面に強い光が見えた。

この黄金色の光は――。

「エルドラ……？」

泡を吐きながら、俺はその光に向かって懸命に手を伸ばす。

そして、俺は。

「……ディオン」

目を開いた。

そして目の前で揺れる金色の髪を見て、心の底から安心する。

「ありがとう、エルドラ。おかげで戻ってこれた」

「よかった……おかえり」

「ああ、ただいま」

潤んだ彼女の瞳と目を合わせ、そっとその頬を撫でる。

肌から指先へと伝わってくる体温が、今は何故か熱いとすら感じられた。

「ディオン！」

「ディオン様……！」

ユキとメリーが駆け寄ってくる音がする。

地面に近いからか、その足音がやけに大きく聞こえた。

（いや……違う）

すべての感覚が鋭くなっている。

風の音、周りの存在の息遣い、心音、匂い。

エルドラから力をもらってから感覚が鋭くなったことには自覚があったが、今の俺の状態はその比ではない。

全能感にも近い何かが、俺の中に湧き上がっていた。

「みんな……襲い掛かって悪かった」

「大丈夫だ。私たちに怪我はない」

「だけどユキ、その剣ボロボロだろ？」

「……よく分かったな」

ユキは気まずそうに、背中に隠していた自身の剣の刀身を見せる。

　ああ、やっぱり。そんな気がしたんだ。

「……くくく、くはははははははは！　してやられたのう。今回に関しては素直に我の完敗じゃ」

　アビスの高笑いが響く。

　彼女は愉快そうに、そしてどこか不満の残る顔で、俺を睨みつけた。

「認めよう。お主は人間の中では特別じゃ。我のパートナーになるだけの資格があるかもしれん」

「別に俺はお前のパートナーになりたいわけじゃない」

「そうつれないことを言うでない。我と組めばさらに上に行けるぞ？」

　そんな甘い誘惑をするアビスの視線を遮るように、エルドラとユキが俺の前に立つ。

　アビスはそんな彼女らを一瞥すると、ため息を吐いた。

「まったく、面倒臭いボディガード共じゃ。……まあよい。結局はエルドラさえ潰せばお主は我の物じゃ。今日のところは預けておくとするかのう」

「……あなたには絶対渡さない」

　竜と竜が睨み合う。

　しかし今の俺は、彼女らのやり取りにまで気を割いている余裕がなかった。

「――――まだ終わってない」

　俺がそう一言告げれば、彼女らの視線が俺に向く。

　ふらつきつつも立ち上がった俺は、炭と化した奴の体に目を向けた。

「鼓動が聞こえる。あいつはまだ生きている」

そう告げた直後、セグリットの体が突然大きく跳ねる。

そして体を起こし、俺たちへと潰れた顔を向けてきた。

『ガギ……ギガアオ』

「奴は……何故動けるんだ？」

ユキの疑問はもっともだった。

体の組織は死滅している状態なのに、魔臓からまるで湧き上がるように魔力が製造されている。

まるでさっきまでの俺のように。

「アビス、何をしたの？」

「……我は何もしとらん。こうなることは想定外じゃ」

アビスの顔が憎々しげに歪む。

どうやら本当に彼女の計画のうちではなさそうだ。

「どういうつもりじゃ――フィクス」

「たまたまゴミが道端に落ちていましたので、環境のためにリサイクルでもしようかと思いまして。まあ、慈善活動《じぜんかつどう》ですよ」

アビスの視線の先には、長髪の男が浮いていた。

あの男が、クリオラの追っていた〝虚ろ鴉〟の頭――フィクス。

「言い訳はいい。我は言ったはずじゃ。くれぐれも我の邪魔だけはするなと」

「ええ、言われました」

「ならばこの茶々入れは命を捨てる行為と見て構わぬな？」

ぶわりと黒い魔力がアビスの体から立ち上る。

この場が一気に冷えるような彼女の怒りが、フィクスに対して向けられた。

決して人間が耐えられる圧力ではない。


――――が、フィクスはどこ吹く風といった様子でため息を吐く。


「おやおや、怒らせてしまいましたか。まあ、そろそろ契約の切れ目だとは思っていましたので、ちょうどいいかもしれませんね」

「もうよい。お主は黙れ」

「お？」

アビスの片腕が肥大化し、本来の竜の腕となる。

そしてそのかぎ爪を振りかざし、フィクスへと伸ばそうとした。

「アビス、無駄だ。奴に実体はない」

「何？」

俺の声に耳を傾けたアビスは、そのかぎ爪を止める。

どこか驚いた表情を浮かべたフィクスは、俺に対して拍手を送ってきた。

「よく分かりましたね。かなり存在感は出したつもりだったのですが……」

「さっきからお前を貫通して空気が動いている。匂いも、存在感も、全部作り物だ」

「……なるほど、アビス様はとんだ化物を作り出してしまったようだ」

笑みを消し、真顔になったフィクスから、初めて敵意というものを感じ取った。

しかし彼はそれをすぐに引っ込め、さっきまでの胡散臭《うさんくさ》い笑顔へと戻る。

「やはり私の〝虚ろの台本〟は魔力が高すぎる存在には効果がないようですね。それが分かっただけでも収穫といたしましょう」

いつの間にか、フィクスの手には黒い本が載っていた。

彼はその本に何かを書き込んだ様子を見せると、そのページを俺たちへと向けてくる。

「〝セグリットはアビスの力によって暴走し、レーゲンの街にて暴れ回る〟。さて、これにて今日のところは終幕としましょうか」

フィクスが本を閉じれば、彼の体は徐々に透け始める。

どうやらこの場から離脱するつもりらしい。

「ま、待ちなさい！　私は聖騎士団のクリオラ！　秘密結社〝虚ろ鴉〟の重要参考人としてあなたをセントラルまで連行します！」

「おや？」

今までまったく展開についていけなかったであろうクリオラが、険しい顔でフィクスに向かって魔術を放つ。

しかし俺の予想通り、彼女の魔術はフィクスの体を貫通した。

「無駄ですよ、国家の犬さん。それと、私に構う前にセグリットさんをどうにかした方がよいのでは？」

「っ……！」

その時、彼らの喋る声をかき消すかのような雄叫びが轟いた。

『ギアァァアアアアアアアアアアアア！』

セグリットの体が、さらなる変質を迎える。

全身に黒い鱗が生え、腕と足が竜に近い造形へと変化した。

顔の造形も大きく変わり、さながら全体像は人間大の竜。

歪な翼を広げ、セグリットは風を起こしながら宙に浮いた。

「街に行く気か」

セグリットは口に魔力を溜め、俺たちに向かって放つ。

想像以上の魔力を持っているようで、溜めの少ない〝咆哮《ブレス》〟だった割には火力が高い。

「っ！　エルドラ！　ディオンを連れて避け――――」

「大丈夫、当たらないから」

「なっ……」

ユキが驚いた直後、セグリットの咆哮《ブレス》は俺たちの目の前の地面に着弾した。

舞い上がった煙が俺たちの視界を塞ぐ。

そしてその煙が晴れた頃、俺たちの前からセグリットの姿は消えていた。

「ディオン……何故今のが当たらないと？」

「今の一撃に殺意を感じなかった。俺たちに邪魔されず街まで行くための目くらましだと予想したんだ」

セグリットはすでに遥か遠くを自身の翼で飛んでいる。

予想外だったのは、その速度だけ。

早く追わなければ街が危険に晒《さら》されるだろう。

「奴と決着をつける。ユキ、ついてきてくれ。お前の力が必要だ」

「あ、ああ……分かった」

俺は背中に力を込め、翼を生やす。

この前アビスと戦った時とは違い、今は自由自在に動かせそうだ。

俺はユキを抱きしめると、そのまま翼を動かす。

「なっ、こ、この姿勢で行くのか？」

「ああ、これならお前を振り落とさずに済む」

「こ、こここ心の準備が――」

ユキの言葉を遮るようにして、俺の周囲に風が巻き起こった。

そして俺たちはふわりと浮かび上がる。

「ディオン、私も行く」

「いや、エルドラはここにいてくれ。俺に力を与えたせいで、今は疲れてるだろ？」

「うっ……」

俺を救うために、エルドラは細心の注意を払って力を注いでくれた。

よく見れば顔色も悪い。

かなりの集中力を用いたせいで、極度の精神的疲労を抱えているはずだ。

「大丈夫だ、すぐに戻ってくる。メリーと一緒に待っていてくれ」

「……うん、分かった」

今一度翼を動かし、俺はさらに上空へ。

そしてユキを抱きしめる力を少し強め、一気にセグリットの後を追った。

◇◇◇

『ギオォォォォオオオオ！』

それは本能的に恐怖を覚えるような叫びだった。

ギルドの自室から飛び出したレーナは、屋根に飛び乗って空を見上げる。

「何だ、ありゃ……」

街に飛来したその生物は、一瞬人型のように見えた。

しかし、背中から生えた翼や頭の形、そして恐ろしく発達したかぎ爪のついた腕がその印象を否定する。

「チッ……シドリー！　奴が見えるか！」

「は、はい！　確認しました！」

「近隣住民を避難させろ！　そんでギルド内にいるBランク以上の奴らを屋根の上に呼べ！　他は避難誘導に回るように指示を出しておけ！」

「分かりました！」

ギルドの扉前にいた受付嬢のシドリーにそう声をかけたレーナは、周辺でもっとも高い建物の上に着地した魔物と視線を合わせる。

当然彼女はこの魔物がセグリットだと分からない。

引っ張り出してきた自分の大剣を構え、呼吸を整える。

「やべぇな……下を守りながら戦えるか？」

レーナの頬を汗が伝う。

セグリットの魔力量は、すでに本来保有していた量を遥かに超えていた。

元々彼はAランク冒険者としてそれなりの魔力を持っていたため、それを超えているということはSランク冒険者にも匹敵しかねないということになる。

冒険者を引退したレーナにとって、Sランク冒険者相当の相手と戦うのは少々状況的にも厳しい。

「デミドラゴンといったところか。見た目も黒いし、ディオンたちの言ってた竜の使いか何かか？」

『オォォォォオオオォォオオォォォオッ！』

「まあ話は通じないわな。さてと――――」

レーナは目を細め、へその下に力を込める。

「来いよ、あたしが相手だ」

彼女から魔力が溢れ出す。

その魔力に釣られ、セグリットは翼と腕を広げて吼《ほ》えた。

『オォッ！』

「っ……！」

足場にしていた屋根が弾けるほどの脚力で飛び込んできたセグリットは、レーナに向かってかぎ爪を振り下ろす。

真上から叩きつけるように降ってきたその腕を、レーナは大剣で受け止めた。

「ほ、本気かよ……！」

『オオオオオオッ！』

レーナの足場となっていたギルドの屋根に、無数のヒビが入り始める。

想像以上の威力の高さに、彼女よりもそれを支える足場が持たないのだ。

「うっ――――らぁぁぁああ！」

屋根が完全に崩れてしまう前に、レーナは渾身《こんしん》の力で押し返す。

セグリットはその力にあまり逆らわず、翼を動かしてふわりと彼女から距離を取った。

「おいおい、知能もあんのかよ」

『……ドラゴンブレス』

「っ⁉」

そんな呟きが聞こえた直後、セグリットの口に膨大な魔力が溜まっていく。

その様子を見て、レーナの顔から血の気が引いた。

「まさか……そんなもんを街に撃つ気か……？」

町民の避難は始まっているが、まだ完了には程遠い。

今彼が咆哮《ブレス》を放てば、多くの被害者が出ることは明白だった。

それを防ぐには、正面からレーナが受け止めるしかない。

「────ッ！　上等だッ！　あたしの街は壊させやしねぇぞ！」

覚悟を決めたレーナは、セグリットの正面から動かない。

大剣を振りかぶり、咆哮《ブレス》に対して自身の持ちうる最大威力の技で迎え撃とうとする。

「……竜ノ右腕《レヒト・アルム・ドラッヘ》」

咆哮《ブレス》が放たれる寸前、どこからか声が響いた。

突然セグリットの真横に現れた翼の生えた男が、いざ咆哮《ブレス》を放とうとしていたその頭を殴りつける。

それによって首の向きを変えられたセグリットの咆哮《ブレス》は、軌道を変えて何もない方向へと消えていった。

そしてセグリットの体自体も殴り飛ばされる形で吹き飛び、ギルド周辺の建物の屋根の上を転がる。

「大丈夫ですか、レーナさん」

「お前……ディオンか？」

「はい。奴は俺に任せて、今は下がっていてください」

レーナは目の前に現れた男の様子に疑問を覚えた。

（こいつは本当にディオンなのか……？）

明らかに今までの彼とは雰囲気が違う。

ほんのわずかにレーナが警戒心を抱いたその時、彼は抱きかかえていた何者かをギルドの屋根の上に下ろした。

「ぷはっ……ディオン！　私を強く抱えすぎだ！」

「え？　ああ、悪い。痛かったか？」

「そ、そこまでではないが……」

屋根の上に足をつけたのは、レーナもよく知るユキだった。

彼女がディオンと呼んで普段通りに接している姿を見て、ようやくレーナは安心する。

「と、ともかく援軍は助かる！　今Bランク以上の冒険者に集まってもらうところだから――」

「いや、俺一人で十分です」

「え……？」

ディオンは一度翼を動かすと、ふわりと浮かび上がる。

「あいつとは、俺が決着をつけます」

「だ、だが……」

「周りには避難を優先するよう言ってください。それまでの流れ弾は……ユキ、お前に任せたい」

視線を向けられたユキは、ようやく納得がいった様子で頷いた。

「なるほどな。それで私の力が必要だったわけか」

「お前なら広範囲の街を守れる。頼めるか？」

「……他ならぬ貴様の頼みだ。貴様がどれだけ暴れようとも、街には被害が出ないように守ることを約束しよう」

ディオンに頼られたことをどこか喜ぶ様子を見せたユキは、ボロボロになってしまった剣を抜く。

その姿を見て頷いたディオンは、さらに上空へと舞い上がった。

「できるだけ上で戦うようにする。……決着をつけてくるよ」

最後にそう告げて、彼はセグリットの元へと飛んでいく。

対するセグリットはようやく殴られたダメージから立ち直り、体を起こした。

「……意識は戻ってるんだろ？　セグリット」

『――――ドウシテ』

「……？」

『ドウシテ……！　オマエハボクノジャマヲスル！』

しゃがれた人ならざる声で、セグリットは喚く。

その瞳に浮かんでいるものは、憎悪と殺意、そして絶望。

彼の感情の昂《たかぶ》りに合わせ、その体から黒い魔力が立ち上る。

『ボクハ……僕は貴族なんだ！　選ばれた存在なんだ！　なのに……！　それなのに！　どうして僕が奪われなきゃいけないんだよ！』

吼えたセグリットは漆黒の翼を大きく広げ、ディオンと同じ高さまで舞い上がる。

魔力が膨れ上がるたびに彼の体はさらに肥大化し、徐々に徐々に竜そのものに近い形に変わっていった。

ディオンはそれを哀れみのこもった目で眺める。

『何だよ……何なんだよその目は！』

「……セグリット。お前にはもう怒りを通り越して哀れみしか湧いてこない。哀れで、可哀想《かわいそう》で、あまりにも惨めだ」

『お前ごときが……！　お前ごときがッ！　僕を哀れむなァァアアアアア！』

絶叫しながら、セグリットはディオンへと飛び掛かる。

ディオンは振りかざされたかぎ爪を紙一重でかわすと、セグリットの頭部を鷲掴んだ。

「翼を持つ俺たちが、こんな地面に近い場所で戦う必要もないだろ？」

『なっ――――』

頭を鷲掴んだまま、ディオンはさらに上空へと飛び上がる。

そしてセグリットの頭から手を離すと同時に、その胴体に拳を一発叩き込んだ。

『ごっ』

「ここなら街への被害も最小限。そしてその最小限の被害もユキが守ってくれる」

ディオンの魔力が高まっていく。

ただでさえ圧倒的に増えていた魔力がさらに増幅し、そこから放たれる圧倒的な威圧感がセグリットを委縮させた。

『何だ……どこからそんな力が……』

「決着をつけよう、セグリット。俺がお前を終わらせる」

ディオンの背中に生えていた双翼の色が、徐々に変化していく。

エメラルド色だったその翼は、片方が金色、そしてもう片方が漆黒に染まった。

続く形で、彼の瞳もエメラルド色と赤色へと変化する。

それはまるで、エルドラとアビスの特徴をそれぞれ反映したかのような姿だった。

◇◇◇

自分の心が、どんどん澄んでいくのを感じる。

視野が広くなり、すべての感覚がどこまでも鋭くなっていく。

今までの俺とは全く違う力が、体の底から湧き上がってきていた。

「……行くぞ」

『ッ!?』

俺は瞬時にセグリットの真横に移動すると、先ほどと同じように頭部に拳を叩き込む。

空気が弾けるような音がして、奴の体は勢いよく殴り飛ばされた方向へと吹き飛んだ。

(この感覚……やはりそうか)

俺は自分の拳を見下ろす。

今まで魔力を溜めることで技として成立させていた竜ノ右腕《レヒト・アルム・ドラッヘ》、竜ノ左腕《リンクス・アルム・ドラッヘ》が、恐ろしいほどスムーズに繰り出すことができた。

一撃一撃が、どれも竜魔力強化30秒分程度の魔力がこもった威力になっている。

『────ふざけるな……っ！　何度も何度も僕をコケにしやがってッ！』

体勢を立て直したセグリットが、俺に睨みを利かせる。

「人を陥れて、利用して、裏切って、その上でコケにされる気分はどうだ？　セグリット」

『何を被害者面で語ってやがる！　僕は選ばれし者！　周りを利用して使い捨てるのは当たり前のことなんだよッ！』

「……そうか」

セグリットは翼を動かし、俺との距離を一気に詰める。

そして振るわれようとしたかぎ爪を片手で受け止めた俺は、そのまま空いた手でセグリットの腹を殴りつけた。

『ごほっ……!?』

「逃がさないぞ」

受け止めたセグリットの腕を無理やり掴み返し、鱗が砕けるほど強く握りしめる。

「竜ノ片腕連撃《フォルゲン・アルム・ドラッヘ》」

片腕だけで何度も何度もセグリットの腹を殴りつける。

鱗が砕けて生身になっても、その部分を執拗《しつよう》に攻めた。

『が……あっ……』

「……竜ノ剛腕《シュタルク・アルム・ドラッヘ》」

そして握り直した拳を、同じ部分に叩き込む。

衝撃がセグリットの背中まで貫き、その肉体から意識を奪った。

掴んでいた腕を放せば、奴の体はゆっくりと地面へと落ちていく。

『————っ！』

しかし、セグリットは空中で意識を取り戻し、体勢を再び立て直した。

俺が与えた傷が、すべて急速に治っていく。

アビスの与えた再生能力はいまだ健在のようだ。

『何故だ……！　何故僕とお前はこんなにも違う！』

「……」

『お前なんてちっぽけな存在だったじゃないか！　ユキさんの後ろにくっついて歩くだけの金魚の糞《ふん》！　目障りだったよ！　僕と同じ選ばれた存在であるユキさんが、お前のために時間を使うことが！　お前が独占していることが！　何故だ⁉　僕の方が優れているのに！　何故お前なんだ！』

結局は、奴の俺への憎悪はそこへと帰結するらしい。

セグリットはユキのことを愛していた。

そしてパーティ内でもっとも弱かった俺が彼女の側にいることが、ただただ許せなかったのだろう。

「たとえ俺という存在がこの世にいなくとも、お前のような男にユキはついていかないぞ。これ以上あいつを侮辱《ぶじょく》するな」

『うるさい！　うるさいうるさいうるさいッ！』

セグリットは鱗が剥げてしまうほど頭を掻きむしり、絶叫を上げる。

『もういい……もういいんだよ。お前をここで殺し、街を破壊し、ユキさんを連れて誰もいない場所に行く。そうすればユキさんは僕を認めてくれる……！　みんな僕を羨ましがる！　ミンナボクヲミトメテクレル！』

再び意識を混濁させつつ、セグリットはそう喚き散らした。

そして両腕を広げ、自身の口に魔力を溜め始める。

『黒イ閃光《ブラックブリッツ》ッ！』

それは竜ノ咆哮《ドラゴンブレス》と同等の威力を持ちつつ、速度だけならそれを遥かにしのぐ一直線の砲撃。

少し前の俺なら、正面から受けてしまっていただろう。

しかし今の俺ならそうはならない。

右の腕にエルドラと同じ黄金の鱗を生やし、正面からセグリットの一撃を受け止める。

受け止めた腕を中心に放射状に黒い光線が拡散し、俺の後ろへと散っていった。

『な……に……？』

「セグリット……お前にこの先はない」

『ふ、ふざけるな……！　まだだ！　僕はまだ終わっていない！』

再びセグリットの体に魔力が溜まっていく。

今さっきの技と違うのは、溜まる場所が口ではなく胸の中心ということ。

膨大な魔力を溜めきったセグリットは両腕をさらに大きく広げ、叫んだ。

『――黒イ拡閃光《ブラックディフュージョン》ッ！』

セグリットの胸を中心に全方位へと拡散する黒い光線。

それが放たれた時、俺に向いているものとは別に、街にも無数の破壊が降り注ぐ。

「……よかった、あいつに来てもらって」

俺は翼で体を包んで身を守りつつ、真下に向かって声を荒らげた。

「ユキっ！」

「……ああ、分かっている」

こうなった時のことを予想して、俺はユキに来てもらったのだ。

空から降り注ぐ無数の光線の下に立ったユキは、己の剣をギルドの屋根へと突き立てる。

「――氷の庭園《アイスガーデン》」

彼女を中心に、街を覆うような分厚い氷が広がっていく。

そしてセグリットの攻撃範囲全体にまで広がった氷は、すべての光線を防ぎ切った。

『何だよこの魔力……！　ユキさんってこんなに――――』

「お前は最後まで勘違いしていたな」

『何……？』

「ユキ・スノードロップという人間の隣が相応しい奴なんて、今のところ一人として存在しないんだよ」

街を覆うほどの氷を生み出せる存在なんて、俺はユキ以外に心当たりがない。

これだけの魔力を持ちつつ、さらに剣術だけでもSランク冒険者になれる。

全力を出したユキと渡り合える存在など、それこそエルドラのような人ではない者たちしか思い浮かばない。

「お前が羨ましいと言う俺だって、あいつの側にいたくてずっと必死だったんだ」

『黙れ……！　黙れッ！』

再び口に魔力を溜めたセグリットは、それを俺に向かって放つ。

しかしその威力は大したものではなく、俺はさっきよりも簡単に片手で弾いてしまえた。

渾身の全体攻撃のせいで、溢れるほど持っていたはずの魔力はずいぶんと弱まってしまったらしい。

「いい加減、終わりにしよう」

俺は翼を動かし、セグリットへと肉薄する。
驚異的な再生能力がある以上、細かい攻撃は意味がない。
一撃必殺の大技。それを至近距離で食らわせる。
『フザケルナァァアアアアッ！』
俺の接近を許さないために、セグリットは渾身のかぎ爪を振るう。
それを潜り抜け、俺は奴の懐へとさらに密着した。
狙うはセグリットの魔臓。
その辺り一帯をまとめて吹き飛ばすため、自身の手に魔力を溜める。
「竜魔力強化……１０００秒」
『駄目だ……！　僕はまだ――』
握りしめた拳を、引き絞るように振りかぶる。

……そして。

「――竜ノ千剛腕《サウザンド・アルム・ドラッヘ》」

黄金色の魔力と漆黒の魔力が爆発し、セグリットの体を貫く。
世界から音が消えた直後、奴の上半身が爆ぜるようにして吹き飛んだ。

肉片すら散ることなく、残った下半身が地面へと落ちていく。

「不思議だよ、セグリット。少しだけ……本当に少しだけ、悲しく思う俺がいる」

セグリットを殺してしまうことに抵抗はなかった。

それだけのことをされたと思うし、そうしなければならなかったとも思う。

だが、俺がパーティにいた頃に守ってもらったことは事実だったし、少なからず頼りにしていた部分はあった。

あの時までは確かに、仲間だと思っていたのだ。

◇◇◇

ゆっくりと降下した俺は、ギルドの屋上へと足をつける。

同じ場に立っていたユキは、戦闘が終わったことを見計らって俺の元へと駆けてきた。

そして彼女の魔力によって維持されていた氷の屋根は、魔力の供給が断ち切られたことでその存在を消失させる。

これで氷塊が溶けて落ちてくるような二次災害の被害はない。

「どうやら……終わったようだな」

「……ああ、終わったよ」

俺は屋根の上から、地面に落ちたセグリットの下半身を見下ろす。

上半身に詰まっていた臓器は、当然まとめて吹き飛ばした。

もう再生することは不可能だろう。


――そう、思っていたのだが。


「……マジか」

消し飛んだ部分の断面が、いまだウネウネと動いている。

それはまるで編み物をするかのように結び合わさると、新たな内臓などを形成しようとしていた。

再生速度は限りなく遅いものの、やがては復活する――かもしれない。

(アビスの力は恐ろしいな)

俺は屋根から飛び降り、地面に着地する。

そしてセグリットの下半身に近づけば、どういう訳だかその再生能力がさらに活発になった。

まるで俺への敵意に突き動かされるかのように――。

「どうする、ディオン」

「完全に消滅させるよ。灰すらも残さないように」

奴の残骸に対し、俺は手の平を向ける。

しかし俺の隣に立ったユキが、伸ばした俺の手を下ろさせた。

「ユキ……？」

「貴様だけにはやらせん。私も、けじめをつけさせてもらう」

ユキは自身の剣の先端を、セグリットへと突きつける。

そして魔力を込めれば、奴の残骸は瞬く間に凍りついた。

「────氷葬」

氷漬けになったセグリットの体が、粉々に砕け散る。

一つ一つが凍りついた奴の細胞は、煌《きら》びやかな塵《ごみ》となり、風に吹かれて飛んでいった。

「ここまですれば、もう再生はしないか」

「……ああ、きっとしないよ。お前に止《とど》めを刺されたんだからな」

「何？」

好きな人に完膚なきまで拒絶される。それがどれだけ辛《つら》いことか、俺にだって想像は容易い。

あれだけの愛憎を持ってユキを求めていたセグリットが、そのユキに止めを刺された。

これまでは強引に彼女を奪えると確信するほどの力を持っていたが、それももう存在しない。

すべてを失ったセグリットは、ようやく諦めるに至ったのだろう。

心が折れれば、体も死ぬ。

「ディオン！　ユキ！　……終わったのか？」

静かになったことを察して、冒険者を引き連れたレーナさんが駆けつける。

事態が終息したことは理解しているようだが、さすがに何が起きてどうなったのかが分からず混乱があるようだ。

「……魔物は倒しました。これで……もう……街、は」

「ディオン？」

突如として、急激な眠気が襲い掛かってくる。

立っていることすら難しくなった俺は、そのまま地面に倒れ込みそうになった。

「ディオン!?」

地面に落ちる直前、ユキが俺の体を支えてくれた。

しかしそれに礼を言うことすらできず、俺の瞼《まぶた》はどんどん重くなっていく。

ユキとレーナさんが俺の名を呼ぶ声を遠くに聞きながら、俺は抗《あらが》いがたい眠りへと落ちていった。

◇◇◇

泡沫《うたかた》の世界。

水に浸かっているような妙な感覚を覚え、目を開けた。

アビスの力に呑み込まれかけていた時のあの冷たく、苦しい感覚はない。

今の俺は、ただ光の差し込む水の中を漂っているだけ。

それがどこか心地よく感じるのは、あの苦しい夢を覚えているからだろうか？


『――ディオン』

心地よさに意識を失いかけていた時、脳内に俺の名を呼ぶ声が響く。
年を取った、男の声。
この声には聞き覚えがあった。
「じい、さん……？」
こもっていて曖昧《あいまい》だが、確かにその声は俺を育ててくれた爺さんのものだ。
『ディオン、お前は目覚めた』
「な……何を言って」
『自分が何者か、決して忘れるな。仲間を守れ。さすればお前は、栄光を掴める』
声はどんどん遠くなっていく。
他に何かを問いかける前に、俺の体は一気に水面へと浮上し始めた。
どうやら目覚めが近いらしい。
『お前が儂《わし》の元に来るのを待つ。――――王たちを統《す》べる器の持ち主よ』
その声を最後に、爺さんの声は完全に聞こえなくなった。
そして俺の意識も完全に浮上し、目覚めの時を迎える。
「……ん」
眩しさに苦しみながら目を開く。
天井はもう何度も見た自室の木目。

どうやら俺は自室で眠っていたらしい。

「うっ」

一瞬鋭い痛みが頭に走り、思わず額を押さえる。

本能的に、この痛みは極限まで鋭くなっていた感覚の反動だと理解した。

セグリットとの戦いで感じていた全能感は、今はもう存在しない。

体調もいつも通りだ。

唯一違う点を挙げるとするならば、俺の保有する魔力の量が圧倒的に増えているということ。

「さすがに常時あの状態ってわけにはいかないか」

あの時の魔力は俺のものというより、エルドラとアビスの力によってもたらされたもの。

いわゆる無理やりかさを増やしている状況だったわけだ。

それが落ち着いたことで、こうして普段通りの思考ができている。

「……ディオン様？」

体を起こして自身の変化を確かめていると、自室のドアが開いてメリーが顔を出した。

彼女は驚いた表情を浮かべた後、廊下に向かって叫ぶ。

「エルドラ様！　ユキ様！　ディオン様が目を覚ましました！」

「お、おい……何もそんな叫ばなくても――」

俺がメリーを窘《たしな》めようとしたその瞬間、物凄い音と共にエルドラとユキが部屋の中に飛び込んできた。

いつかの雨の日の後、俺がアビスのせいで3日目覚めなかった時と同じようなシチュエーションに、思わず笑みがこぼれる。

「ディオン！　起きたか！」

「ん、よかった……目覚めて」

二人の慌てっぷりと安堵の表情を見て、俺はあることを察した。

「えっと……今回は何日意識を失ってたんだ？」

「10日だ。……さすがに不安だったぞ」

10日か。それは確かに不安にもさせてしまう。

俺の体に竜の力が定着し直すまで、ずいぶんと時間がかかったということらしい。

「心配かけたな、三人とも」

「ううん。ディオンが無事なら、それでいい」

安心した様子で笑うエルドラを見て、俺もホッと胸を撫で下ろす。

何だかんだ言って、俺も彼女も俺が助かるかどうかは賭けだった。

俺という人間の器が竜の力に耐え切れたのは、まさに奇跡としか言いようがない。


「――――ほう。まさか本当に生き残るとはのう」

「「っ！」」

俺とエルドラとユキは、同時に声のした方向へ反応する。

部屋に備え付けられた窓。そこに一人腰掛ける女がいた。

「……アビス。何しに来た」

「そう怖い顔をするな、我が眷属よ」

「眷属《けんぞく》？」

「我の血を受け、我の力を手に入れたお主が我の眷属になるのは当たり前の話じゃろ？」

いつの間にか俺のベッドの上に移動したアビスは、動揺する俺の顎に手を当てて上を向かせる。

見下ろすような彼女の視線と、それを見上げる俺の視線が重なった。

「……不思議じゃな。こうして見ると案外可愛らしい顔に見える」

「っ、ディオンから離れて」

「おっと……」

エルドラが俺の真上を通過するように放った蹴りを、アビスは霧のように体を宙に溶かすことでかわす。

そしてまた少し離れた所で実体化した彼女は、ニヤニヤと愉快そうに笑うのだ。

「まあ冷静になれ、エルドラ。我はもうお主らと敵対するつもりはない」

「……あなたのことは信用できない」

「よく考えろ。我は結局そこにいる小僧を選んでしまったんじゃ。お主と同じようにな」

そう言いつつ、アビスは俺へと視線を送る。

「もしも小僧が他の候補者を倒して勝ち残った場合、竜王になるのは我かエルドラのどちらかということになる。だが、お主は王になるつもりはないんじゃろ？」

「ん、そうだけど……」

「それなら王の立場だけ我に譲れ。我ら二人が〃契約者〃となれば、他の神竜が選んだ者たちなど恐るるに足らん。この形で進めることができれば、必然的に我は王になりやすくなるわけじゃ」

話の行方はさっぱり分からないが、相変わらずアビスが胡散臭いということは分かる。

そう思われていることを彼女も理解しているのか、俺たちの前で盛大にため息を吐いてみせた。

「……はぁ、仕方ないのう。じゃあこう言ってやろう。我が王になるために協力してくれれば、我はお主らに全面的に協力する。二度と命を狙わないと約束しよう」

「それを拒否したら？」

「そこの小僧には早々に死んでもらわねばならんな。我のために戦う気がないのなら、我にとってはただの邪魔者じゃ」

最後の一言をもって、この空間に緊張が走る。

ユキは俺を庇うようにアビスとの間に立ち、エルドラに関しては今にも飛び掛かりそうな気配だ。

何はともあれ、ここで正面からぶつかるのはまずい。

「先に聞かせてくれ、アビス。結局俺たちはお前が王になるための戦いについて何も知らない。協力するにしても、それを知らないことにはどうにもならないぞ」

「……そうじゃな。お主の指摘はもっともじゃ」

どこか真剣になったアビスは、突然自身の豊満な胸の谷間に手を突っ込む。

あまりにも突然の行為に俺が驚いていると、彼女はそこから一本の純白の剣を取り出した。

「お、何じゃ小僧。もっと見たかったら間近で見たってよいのだぞ？　ほれほれ」

「『殺すぞ』」

「何じゃお主ら……前に向けてきたものより今の殺意の方が強いぞ」

これ見よがしに胸を強調するアビスに対し、エルドラとユキの恐ろしい言葉が投げられる。

その発言をした二人の迫力によって、俺の照れて赤くなった顔が一瞬にして冷えた。

さすがのアビスも謎の威圧感に負けてしまったようで、さっきまで余裕そうだった笑みが消えている。

「そ、それで……その剣は何だ？」

「これは小僧の持っている神剣と対を成す武器じゃよ」

「え？」

「神剣ヴァイス。白の迷宮を攻略した際に手に入れたボスアイテムじゃ」

そう言いながら、アビスは俺たちの前に神剣と呼んだその武器を放り投げた。

「お主ら人間がSランクダンジョンと呼ぶ五つの迷宮、黒の迷宮、白の迷宮、紅蓮の迷宮、群青の迷宮、深緑の迷宮。そのうち黒と白はお主らと我の手で落ちた。残すは三つ。そのすべてを攻略した時に手に入るアイテムが、霊峰への道を開く鍵じゃ」

「霊峰への鍵？」

「まず常人は霊峰に行くことすらできない。環境に適応できぬ者は淘汰《とうた》されるのみじゃ。しかしすべてのアイテムがダンジョンの下から離れた時、竜に選ばれた者は竜の背中に乗って霊峰の頂へ向かうことが許される」

俺はアビスが転がした白い剣に視線を落とす。

これが霊峰に登るための鍵となるのか。

「アイテムがすべて解放されたことが分かれば、他の竜たちも契約者を連れて霊峰へと向かうじゃろう。その後のことは行ってみなければ分からぬ。ただ一つ言えることは……霊峰の先で始まるその戦いは、人間や竜にとってのさらなる試練になるということじゃ」

さらなる試練――――。

前にレーナさんから聞いた話に、そんな言葉があった気がする。

「……何だかワクワクするな」

「ディオン？」

「ユキ、お前は興奮しないか？　ダンジョンを攻略した先にはまた新しい試練があって、その先に何があるかはまだこの場にいる誰も知らないんだ」

誰も見たことがないものを見てみたい。

そんな夢を持つユキに、俺は強く影響を受けた。

いつしかその夢は、俺のものにもなっていたんだ。

「誰も見たことがないものを、俺たちなら見ることができるかもしれないぞ？」

「……そうか、お前は私の夢をずっと覚えていてくれたんだな」

「そんなの当然だって。俺がお前と一緒に村を出たのは、その夢を手伝うためだったんだから」

ベッドから立ち上がった俺は、エルドラの元へと歩み寄る。

「エルドラとしてはそんなに前向きになれる話じゃないかもしれないけど……でも――」

「行くよ」

「え……？」

「私はディオンが行くならどこにでも行く。一緒に行く。私に手を伸ばしてくれたあなたと、私はずっと一緒にいるよ」

俺を安心させるかのように優しく微笑むエルドラの顔を見て、初めて会った時の光景が脳裏を過ぎる。

ユキに対しても、エルドラに対しても、こんな俺と共にいてくれると思うだけで愛《いと》おしさが止まらない。

「……何じゃお主ら。もう交尾は済ませたのか？」

「げほっ⁉」

突然のアビスの一言に、俺は豪快に咽《むせ》てしまう。

咳き込む俺をいまだ愉快そうに見ていた彼女は、流れるような動きで俺の横をすり抜け、ベッドに腰掛けた。

「ま、どうやら交渉成立ということで。我も今日からこの家に住んでやろう」

「なっ……正気か？」

「我だけ仲間外れというのはなかろう？　お主のハーレムに加わってやろうというのだから、むしろ喜べ」

「そんなんじゃないっ！」

まだエルドラが意味を理解してなさそうなことと、ユキが物凄い形相でアビスを睨んでいることから、変な空気にならなかったことだけは助かった。

俺は咳払いを挟んで、改めてアビスと向き合う。

「……ともかく。俺たちはまだどうしてもお前のことを信用できない。戦えないメリーがいる以上、お前をこの家に置くわけにはいかないんだ」

「ほう、さっきからそこの廊下で待っているエルフか。……まあ、お主の言うこともっともじゃな」

アビスは再び自身の体を霧状に霧散させた後、初め入ってきた窓辺で実体化し、その縁に手をかける。

「仕方あるまい。我は今まで通りそこら中を転々とすることにしよう。どうせお主らがいくら対策しようが、我の侵入を防ぐ術などないからのう」

アビスの言うことはもっともだ。

匂いで分かったとしても、肉体を好きな形に変化させられる彼女の侵入を止めるのは難しい。

俺が信用しないと言ったのは、あくまで常に行動に気を張っているという意味だ。

一度裏切られて死にかけた俺がまたも裏切られて窮地に立たされるとあらば、さすがに笑えない。

「くははっ……ではの。その剣は餞別《せんべつ》としてくれてやろう」

アビスはケラケラと笑った後、窓から身を投げる。

そして地面に落ちる寸前にその体を霧に変え、風に乗ってどこかへと消えていった。

「――これが餞別か。スケールが違うな」

俺は足元に落ちた白い神剣を見て、そう呟いた。

◇◇◇

ギルド内にあるレーナの部屋には、部屋の主である彼女の他に二人の人影があった。

片方はシンディ。そしてもう片方は、クリオラである。

「そうか、この街を出るんだな」

「ええ。一から出直すわ」

「あんたは一応同業者であるディオン殺害の共犯者ってことになる。ただこの件については被害者本人から特に被害の報告が来ていない。故に罪に問うようなことはない。ただ……あいつに目をかけている私の私情により、他のギルドへの紹介状などは書かない。それでもいいか？」

「もちろん。最初から要求するつもりもないわ。でも、ギルドマスターのあなたが個人的な冒険者贔屓《ひいき》なんてしていいの？」

「いいんだよ。ここじゃあたしが一番偉いんだ。文句があるならあたしを蹴落とせばいい。あたしより優秀だって思う奴が出てきたなら、あたし自身も喜んで立場を渡すしな」

そう言いながらニカっと笑うレーナに対し、シンディは興味なさそうに相槌《あいづち》を打つ。

元よりシンディはディオンらに対して大きな興味はない。

パーティに入ったのも、セグリットという好みの男に誘われたが故だ。

しかしそんな場に流されやすくヒステリックになりがちだった彼女の心境にも、それなりの変化が訪れようとしている。

その変化こそが、今回の冒険者としての再スタートに繋がった。

「そんで――――クリオラも帰るんだっけ」

「はい。セグリットが消えた今、私がここに潜入し続ける必要がなくなりましたから」

「一応聞いておくが、その〝虚ろ鴉〟のフィクスとやらの消息は掴めそうなのか？」

「……いいえ、私一人ではどうにも。おそらく今回のことを報告した後、大規模な聖騎士部隊による捜査が始まるかと」

「そうかい……この街も、ずいぶんと物騒になっちまったねぇ」

遠い目をしながら、レーナは葉巻をくわえて簡単な火の魔術で火をつける。

別れの挨拶を済ませた彼女らの背中を見送り、レーナは室内で煙を吐いた。

「重要なことを決める前には、やっぱりこれを吸うに限るね」

自分のデスクの上に広がった書類に目を落とし、彼女はハンコを手に取る。

その書類は二つあり、それぞれにはディオンとエルドラの名前が書いてあった。

「……ま、こいつらなら問題ないか。頼むぜ、このあたしが推すんだからな」

レーナはそれぞれの書類にハンコを押す。

その書類の上部には、Sランク冒険者への推薦書と記されていた。

◇◇◇

「……まさか、こんなことって」

自分の店の内で、ケールは頭を抱えていた。

床にはいくつもの本が散らばり、古い巻物なども開ききった状態で落ちている。

ここ数日食事を取っていないのか、彼女の体はいつもより痩せていた。

睡眠も取らず風呂も入っていないせいで乱れに乱れきった頭を何度か掻き、ケールは息を吐く。

「これが真実なら、回復魔術の常識が覆るよ……」

独り言を吐露しながら、彼女は自分が出した結論を改めて読み返した。

「ディオン――あの坊やは一体……」

とある男の名を呼んだケールの声は誰にも届くことなく、薄暗い室内に溶けて消えた。

◇◇◇

「もぉぉぉぉぉ！　仕事ばっかりでつまんない！」

セントラルにある聖騎士総団長室に、幼い女の声が響いた。

「毎日毎日書類仕事ばっかり！　速くボクらもダンジョンに行かないと、他の奴らにアイテムを全部取られちゃうよ!?」

青い髪の幼女は、じたばたと手足を動かしながら叫ぶ。

広い机の前に腰掛けている青年は、そんな声を意に介していない様子で手元の書類に視線を落としていた。

「ちょっと聞いてる!?　マリンの話ちゃんと聞いてる!?」

「やかましい。仕事中は話かけるなと言っているだろ」

「だって！　ずっと仕事中なんだから話しかけるタイミングがないじゃん！」

青年はため息を吐いて、書類を机の上に置く。

「もうすぐレーゲンの街に行く機会がある。ダンジョンなど、その時についでに攻略すればいいだろう」

「ついでなんて……ダンジョン攻略がそんな簡単なわけないでしょ!?　ボクだってそれくらい分かるよ！」

「一々叫ぶな。外に聞こえる」

頬を膨らませ、マリンは一旦《いったん》口を閉じる。

「貴様との契約も、私の仕事がすべて終わったら取り掛かるという話だったはずだ。それまでは静かにしていろ」

「むー……」

そんな二人の会話を遮るように、突然聖騎士総団長室の扉がノックされる。

「身を隠せ」

「……ちぇ」

マリンの体が、まるで溶けるようにして消える。

青年しかいなくなったのと同時に、彼は扉の向こうに声を返した。

「入室を許可する」

「失礼いたします！　セギオン・スパルーダ団長！」

部屋に入ってきたのは、聖騎士団の伝令《でんれい》係。

彼は騎士団特有の敬礼をセギオンに向けた後、持っていた書類を読み上げる。

「帰還した一番隊副隊長、クリオラ・エンバースより報告です。〝虚ろ鴉〟の長らしき人物と接触。フィクスと名乗ったそうで、レーゲンの街への大規模な戦力の投入を要請しております」

「そうか。では一番隊から三番隊の隊長たちに遠征の準備を要求しておけ。指定した隊の準備が整い次第出発。〝虚ろ鴉〟、フィクスの首を取る」

「分かりました。あっ……それと――」

「……どうした。まだ報告があるのか？」

「た、大変その……伝えづらいのですが……セグリット・スパルーダの死亡が確認されたとのことで……」

「――そうか、ご苦労だった。下がれ」

「は、はい！」

伝令係が去った後、聖騎士団の全てを統括している総団長である彼は、自室の窓から外を見る。

「……最後まで愚図《ぐず》な弟め」

冷え切った声色でそうつぶやいたセギオンは、苛立った様子で拳を握りしめていた。

◇◇◇

（何なんだこいつは……！）

傭兵として様々な任務をこなしてきたその男は、目の前の得体の知れない対戦相手に恐れおののいていた。

燃えるような赤い髪。身長は優に二メートルを超えており、肩にはそんな身長と同じか、それ以上の長さの大剣を担いでいる。

ギラついた鋭い目は、睨んだ者を委縮《いしゅく》させ、丸太のような太い腕はすべてを薙《な》ぎ払えるだけの筋力を持ち合わせていると言えるだろう。

「オラ、来いよ」

「く、クソっ！」

傭兵だった男は片手剣を構え、赤髪の男に跳びかかる。

肩口から斜めに斬りつけるべく振られた剣は、見事赤髪の男の体を捉えることができた。


――――しかし。


「ハッ、とんだなまくらじゃねェか」

「何!?」

肌に触れているはずの刃は、そこから一切沈み込もうとはせず、そのままピタリと静止していた。

力を込めても、状況は変わらない。

それほどまでに赤髪の男の皮膚は硬く、分厚かった。

「あー、ちげぇな。刃が悪いんじゃねェ、テメェが弱ェんだ」

赤髪の男は、大剣を手放す。

そして自分に対して刃を振るってきた目の前の男の頭を鷲掴《わしづか》みにし、そのまま持ち上げた。

「がっ!?　あ、は、離せ！」

「テメェなんざ、愛剣を使うまでもねェ」

掴んでいた手を離した赤髪の男は、その顔面へ目掛けて空いている方の拳を叩き込む。

肉が潰れる音、骨が砕ける音がして、吹き飛んだ傭兵の男の体は何度も地面を跳ねる羽目になった。

「ま、筋《すじ》は悪くなかったぜ。鍛えて出直せや」

彼らの戦いを見ていた観客たちから、歓声が上がる。

ここはセントラルの地下闘技場。

様々な腕自慢達が集まり、観客は彼らの勝敗に金をかける。

そしてついに百連勝記録を達成したのが、たった今勝利したこの赤髪の男――。

Sランク冒険者、レッド・ヴァーミリオンである。

「お疲れ様、レッド」

控室に戻ったレッドを艶っぽい声で出迎えたのは、紅蓮の髪色を持つ妖艶な女性。

彼女はレッドに歩み寄ると、そっとその唇にキスをした。

「さすがはこのフラムが選んだ人間ね。私の力を使わずとも、貴方に勝てる者は誰一人として存在しないわ」

「ハッ、当たり前だろ？　お前がオレを相棒に選んだこと、ぜってェに後悔させせねェからよ」

レッドは自信に満ち溢れていた。

元々Sランクとしての高い実力を持ち合わせながら、さらにフラムから与えられた強大な竜の力が加わっている。

そんなもの、自信を持つなという方が難しい。

「さて、と。オレの経歴に箔《はく》がついたことだし……行くとするか」

「そうね。そろそろ『紅蓮の迷宮』を攻略しないと」

「おうよ。さっさと攻略して、『挑戦権』を手に入れねェとな」

二人は地下を後にする。

闘技場にあった人工的な魔力光源とは違う、自然な太陽の光が彼らを照らした。

「……にしても、本当にオレやお前に並べる奴らなんて存在すんのかァ？」

「貴方より強い人間はそういないと思うけれど……アビスという竜にだけは気を付けて。あの子はどこまでも狡猾《こうかつ》だし、実力もあるから」

それと————。

「エルドラ……そもそも竜王争奪戦に加わることができるかすら怪しい子ではあるけれど、もしアビスからの不意打ちで生き延びていたら、一番脅威になるのはこの子だと思うわ」

「ほぉ、お前ほどの女がそこまで言うか」

「神竜の称号を持つ者同士に力の差はほとんどないけれど、少なくとも正面からぶつかりたいとは思えない相手ね」

「面白れェじゃねェか。そんな奴が選んだ人間とやり合えるんだろ？　血が沸き上がって仕方ねェ」

レッドは獰猛《どうもう》に笑う。

そんな彼を、フラムは愛しい者を見る目で見つめるのだった。

「そんじゃ、まずはレーゲンへ向かうぞ。あの街なら姉貴《あねき》に融通《ゆうずう》を利かせてもらえるからな」

二人は人気のない場所まで移動すると、それぞれ背中から紅い翼を生やし、飛翔する。
彼らとセギオンたち、そしてディオンたちが邂逅《かいこう》するのは、これまた少し先の話――。

あとがき

お久しぶりです、岸本和葉です。

一巻の刊行から少し時間が空き、楽しみにしてくれていた皆様には申し訳ないことをしたと思っております。

ただそれでもこの作品を手に取ってくださった皆様には、感謝しかありません。

本当にありがとうございます。


この巻を持ちまして、主人公、ディオンの因縁の相手であるセグリットとの関係に終止符《しゅうしふ》が打たれました。

元々この展開自体は長く引っ張るつもりはなく、タイトルにある通りあくまでこの作品は主人公たちの成り上がりを書いているものですので、まだ一つの通過点に過ぎないと作者の方では認識しております。

アビスという新たな仲間（？）の加入と、新たな敵の存在。

そしてラストシーンで書いた別視点のキャラたちが、ディオンたちの物語をさらに盛り上げていくと自信を持って言うことができます。

そんな先の物語を皆様にお届けできるかどうかはまだ分かりませんが、今後も全力で物語を紡いでいきます。

最後になりますが、改めましてこの作品を購入してくださった読者の皆様、本当にありがとうございます。

私がこうして本を出版することができているのは、一重《ひとえ》に読んでくださっている皆様のおかげです。

そしてこの作品を盛り上げるために惜しみない協力をしてくださっている担当編集様。

お忙しい中常に高いクオリティを維持したイラストを載せてくださっているイラストレーター様。

この作品を新たなコンテンツとして成長させてくださった、漫画家様。

誰が欠けてもこの作品は成立しないものであると、私は確信しております。

私の我儘《わがまま》に何度も何度も付き合っていただき、感謝しかありません。

三巻の刊行が叶ったその時は、またよろしくお願いいたします。

長い挨拶はあまり得意ではありませんので、この辺りで締めさせていただきます。

次巻がありましたら、その時はまたよろしくお願いいたします。

それでは、またどこかで。

BKブックス

竜と歩む成り上がり冒険者道

～用済みとしてSランクパーティから追放された回復魔術師、捨てられた先で最強の神竜を復活させてしまう～2

2021年9月20日　初版第一刷発行

著　者　岸本和葉《きしもとかずは》

イラストレーター　シソ

発行人　今 晴美

発行所　株式会社ぶんか社
〒102-8405　東京都千代田区一番町29-6
TEL 03-3222-5150（編集部）
TEL 03-3222-5115（出版営業部）
www.bunkasha.co.jp

装　丁　AFTERGLOW

編　集　株式会社 パルプライド

印刷所　大日本印刷株式会社

ISBN978-4-8211-4604-8